COLLECTION

Cascade

HORTENSE CORTEX

UN CŒUR AU CREUX DE LA VAGUE

ILLUSTRATIONS DE
MICHEL RIU

RAGEOT-ÉDITEUR

Collection dirigée par Caroline Westberg

Couverture : Gilbert Raffin
ISBN 2-7002-2496-5
ISSN 1142-8252

1

LA CONSTELLATION DU HAMSTER

La veille du jour J, mon père a insisté pour défaire mes bagages. Il voulait vérifier que je n'avais rien oublié sur ma liste de survie.

– Papa, je t'en prie ! Il m'a fallu une heure rien que pour tasser la valise. Et j'ai dû m'allonger dessus pour la boucler !

– C'est l'histoire d'une minute, Pascale. Une aventurière ne part pas nue pour affronter la jungle hostile.

Autant vous le dire tout de suite : mon père est un anxieux. À ses yeux, l'aventurière idéale est quelqu'un dans le genre d'Alexine Tinne[1] : une exploratrice excentrique qui n'envisageait pas de se rendre en Égypte sans son service d'argenterie de trois cents pièces et vingt domestiques armés de peaux de chamois pour les astiquer. Bref, la liste qu'il avait préparée pour mon voyage comportait trois feuilles agrafées, pas moins. Et la jungle hostile que je devais affronter s'appelait Larvor-Enlock. Trois

1. Aventurière hollandaise partie à la recherche des sources du Nil en 1860.

semaines de classe de mer en Bretagne. Au programme : activités de plein air et préparation à l'entrée en cinquième avec absorption quotidienne d'anglais, de français et de maths. Le genre d'aventure dont je me serais bien passée.

– Bon, a déclaré mon père en contemplant le monceau de vêtements que ma valise venait de vomir. Tu as pris ton ciré ?

– C'est peut-être pas indispensable. Tu as vu le temps ?

Nous étions le 31 juillet, jour de canicule. L'air était tellement lourd que les mouches s'abattaient en plein vol, terrassées par la chaleur.

– Il fait toujours frais en Bretagne.

– Tu crois ? Je devrais emporter mes moufles, alors. Et un piolet pour casser la glace si je veux me baigner.

– Et ta trousse de secours ? a poursuivi mon père sans prêter la moindre attention à ma remarque. Il ne manque rien ? Pansement ? Aspirine ? Mercurochrome ?

Parfois, je me demande si on est sur la même fréquence. Les mots, entre nous, sont comme des balles de ping-pong. Ils rebondissent, légers, mais au bout du compte l'échange est presque toujours nul. J'ai tenté une nouvelle montée au filet.

– Écoute papa, de quoi on parle, là, au juste ? Tout à l'heure, c'était la jungle et maintenant on dirait que je pars en mission-suicide au Groenland. J'ai aucune envie de partir, d'ailleurs...

Mon père m'a lancé un regard distrait par-dessus sa liste.

– Allons, ma puce, ne dis pas n'importe quoi. Ce voyage sera une expérience passionnante pour toi. Tu vas découvrir la vie en collectivité, apprendre à t'intégrer...

Apprendre à m'intégrer... À croire que je suis un cas social ! C'est vrai que « sur le plan relationnel » comme dit ma mère, ma première année de collège n'a pas été extraordinairement brillante. En clair, je ne me suis fait aucun ami. J'ai des excuses : avec ma chance habituelle, je me suis retrouvée dans la seule classe de sixième où tout le monde se connaissait déjà. Je vous laisse imaginer : vingt-six élèves émigrés en bloc du cours Louis-Pasteur et l'exilée : « Salut, je viens de l'école Alfred-Jarry. » J'ai fait ce que j'ai pu. J'ai essayé de m'intégrer dans un des groupes déjà constitués.

Dans le premier, Les Groupies d'Ophélie, il fallait avoir les cheveux blonds et porter des soutiens-gorge bourrés de coton hydrophile. Bon, j'avais envie qu'on m'accepte, d'accord, mais pas à n'importe quel prix.

Dans le deuxième groupe, il fallait posséder une console Mégadrive et collectionner les jeux vidéo. « Après *Total zombies* et *Serial destruction*, affronte tes amis dans un univers de haine et de violence avec *Prehistorik genocide*. Une armée de ptérodactyles lance-missiles tente d'exterminer les derniers représentants de l'espèce humaine ! »

Les derniers représentants de l'espèce humaine (Les Cerveaux, groupe trois) se distinguaient par une moyenne en maths de seize sur vingt. Mes notes dans cette matière dépassant rarement cinq (les jours où j'avais révisé), j'étais exclue d'avance.

Résultat : cette année, pas de coups de téléphone, pas de copains, pas de sorties. J'ai consacré mon temps libre à écrire et à bouquiner, seule dans ma chambre.

Mes parents ont mis un moment à s'apercevoir du problème. Ils sont presque toujours absents. Ma mère, cette femme pressée, travaille dans la presse. Elle passe ses journées à expédier des fax et à interviewer des artistes qui lui parlent longuement de leur vie intérieure. Tout ça la rend assez peu disponible pour sa fille, cette inconnue. Quant à mon père, c'est le spécialiste des dialogues de sourds. Il parle, il plaisante, il a de grands élans de tendresse mais son esprit est ailleurs. Dans les tourbillons vert et or de ses immenses tableaux : sa peinture, son univers. Hors de son atelier, les réalités les plus simples lui échappent. À commencer par cette évidence : ce ne sont pas dix kilos de bagages superflus et trois semaines d'exil en Bretagne qui résoudront mon « problème de communication » au collège.

– Si tu veux que je m'intègre, pourquoi ne pas commencer à la maison ? ai-je insisté. Pourquoi on ne passe pas des vacances ensemble comme n'importe quelle famille normale ? On pourrait prendre le temps de discuter, se balader, pique-niquer au bord de la Maine...

Mon père s'est accroupi et a pris mon visage entre ses mains. À sa façon de me sourire, gentille, un peu distraite, j'ai tout de suite deviné la réponse.

– C'est impossible, ma cerise. Ta mère travaille cet été, et je prépare mon exposition à la galerie *Ombre et Lumière*. Tu seras bien plus heureuse au bord de la mer. Tu rencontreras plein de copains là-bas, tu verras.

Sur cet élan optimiste, il s'est relevé avec un affreux craquement de rotules et a aussitôt enchaîné :

– Bon, et si on finissait de vérifier cette liste ?

Je m'apprêtais à protester quand le pas vif de ma mère a martelé le palier. Elle s'est propulsée dans le salon en sifflotant l'air des *Aventuriers de l'Arche perdue*.

– Hello, mes chéris ! Je suis complètement défaite ! a-t-elle annoncé en jetant son sac sur la table.

Je l'ai regardée, incrédule. Elle venait de grimper cinq étages en talons aiguilles, il faisait une chaleur de fournaise et elle se tenait là, devant nous, parfaitement coiffée, parfaitement maquillée. Impeccable dans son tailleur en lin sans une trace de faux pli. Comment cette créature pouvait-elle être ma mère ?

– Assieds-toi un instant, a proposé mon père.

– Où ça ? Seigneur, quel désordre ! a-t-elle dit

en survolant du regard les vêtements étalés sur le tapis. Tu as vraiment besoin de tout ce bazar ?

J'ai ouvert la bouche pour répondre mais mon père m'a devancée.

– Quel bazar, Hélène ? C'est le strict minimum pour survivre en Bretagne.

Ma mère a levé les yeux au ciel.

– À t'entendre, on dirait que notre fille se rend dans une contrée primitive.

– Eh, je suis là, ai-je rappelé. Je peux dire un mot ?

Sans m'écouter, ma mère a raflé la liste de survie posée sur la table et l'a parcourue rapidement.

– Une épuisette ! Pourquoi veux-tu qu'elle emporte une épuisette ?

– Qui sait ? Pascale sera peut-être obligée de pêcher sa nourriture comme une femme primitive.

– Est-ce que je peux m'exprimer deux secondes ? ai-je soupiré.

– Je te signale qu'il y a une cantine à Sainte-Guénolée ! a lancé ma mère par-dessus ma tête.

– Oh, la barbe ! Débrouillez-vous...

J'ai regagné ma chambre dans l'anonymat le plus total.

Gengis Khan tournait dans sa roue, indifférent à la moiteur ambiante. Sa fourrure noisette luisait au soleil. J'ai glissé un doigt par la porte ouverte (je la laisse toujours ouverte : la liberté est un droit pour chaque être vivant) et je lui ai fait coucou.

– Salut, Gengis ! Tu t'entraînes pour les J.O. ?

Il a tourné la tête vers moi, sans cesser de trottiner.

– Hip !

En langage gengiskhanien, « Hip ! » signifie « Salut ! »

– Hip ! Hip !

Et « Hip ! Hip ! » : « Dommage que tu partes demain. Tu vas me manquer… »

Génial. Enfin quelqu'un pour qui j'existe.

Finalement, je pense que mon problème de communication vient d'un manque de pratique. Pour communiquer, il faut être plusieurs. Exemple : mon père et ma mère. Ils se lancent des piques sans arrêt mais ils s'adorent ; c'est comme un jeu, leur manière à eux d'être ensemble. L'ennui, c'est qu'il n'y a pas de place pour moi dans leur échange. Ils vont trop vite, et je m'essouffle à les suivre. Avec Gengis Khan, évidemment, les choses sont plus simples, vu qu'il pratique le surplace.

– Hip ! Hip !

En plus, j'adore sa conversation. Gengis n'a rien d'un hamster ordinaire, croyez-moi. C'est un surdoué, dans son genre. Et puis on a plein de points communs : les livres, le dessin (il trace des motifs superbes quand il piétine le tampon encreur), les glissades sur le parquet – et Stéphane, mon frère.

C'est lui qui m'a offert Gengis, avant son départ pour Londres.

Un soir, il est revenu avec cette petite boule de poils qu'il a fourrée sur mes genoux. Il a dit :

– Prends soin de lui, c'est un hamster spécial. Il comprend tout. Vous discuterez de longues heures ensemble.

Stéphane voulait parcourir le monde, son appareil photo en bandoulière. Voyager d'île en île sans jamais s'arrêter. C'est l'être qui compte le plus pour moi, malgré les dix ans qui nous séparent. Mais sa vie est tellement mystérieuse.

La dernière fois qu'il m'a appelée, il se trouvait à la Réunion. Il n'a pas voulu laisser d'adresse. Il a promis de m'écrire.

– Je t'enverrai des photos du piton des Neiges. Ça te plaira, tu verras.

Je n'ai jamais reçu les photos. L'avion postal a dû tomber dans l'océan Indien. Ses lettres se gondolent dans l'estomac d'un requin blanc. Ce sont des choses qui arrivent.

– Hip ? (Eh, pourquoi tu es triste ?)

Gengis passait sa tête par la porte de la cage, sans oser sortir. J'ai posé ma main devant lui. Le monde extérieur l'intimide mais il a confiance en moi. Il est venu se nicher dans ma paume. Je lui ai caressé le dos. Ma petite touffe de fourrure.

– Hip ? Hip ? (Tu m'emmènes avec toi en Bretagne ?)

– J'aimerais bien, Gengis. Mais tu ne figures pas sur ma liste de survie.

Si on m'avait demandé mon avis, j'aurais proposé ma liste personnelle, composée de choses superflues et vitales : mon hamster, ma collection de parfums, mon stylo en laque rouge et trois blocs de papier pour écrire à mon frère. Je lui envoie une lettre chaque semaine, depuis son départ. Il finira par me répondre, j'en suis sûre.

– Hip ? (Tu me poses sur le tampon encreur ?)

– O.K., Gengis. Fonce ! Dessine-moi un chef-d'œuvre.

Je l'ai posé en douceur sur le tampon. Tip-tap. Il a imprégné ses pattes et filé sur mes feuilles, une pluie d'étoiles bleues dans son sillage.

La constellation du hamster prenait forme sous mes yeux. Elle a bifurqué vers ma trousse, contourné l'obstacle et traversé une enveloppe kraft, au bord de la table.

Ma lettre à Stéphane. J'avais oublié de l'expédier.

J'ai soulevé mon pense-bête à poil doux pour le remettre dans sa demeure et j'ai attrapé l'enveloppe, transformée en tableau abstrait.

Angers, le 27 juillet

Cher Stéphane,

Ce soir, une tempête a dévasté mes placards et tout jeté sur le sol. Je suis censée faire mes bagages (je pars en Bretagne dans trois jours) mais je ne me sens aucun courage. Mon lit flotte sur ce désordre comme un radeau à l'abandon.

J'aimerais dériver jusqu'à toi, tracer un chemin entre nos deux îles :

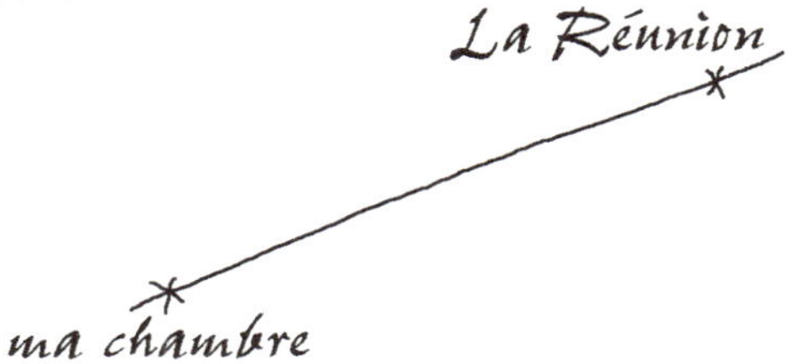

Mais des milliers de kilomètres nous séparent. L'équateur. L'océan Indien. Nos heures et même nos saisons sont différentes. Chez toi, c'est l'hiver et il doit faire nuit.

La Réunion : quel drôle de nom

pour une île si lointaine ! C'est comme si tu habitais un mensonge. Souvent, je rêve d'une langue qu'on serait les seuls à parler. Une sorte de code secret. Je voudrais réécrire les cartes et les encyclopédies avec toi. Plus tard, c'est sûr, je serai inventeur de noms propres. Inventeur de noms d'îles. Voilà un métier d'avenir.

Je pourrais commencer par rebaptiser ma prochaine destination : institution Sainte-Guénolée de Larvor-Enlock, ça manque un peu d'exotisme. En tout cas, pour une fois, l'endroit ressemble au nom : bâtiments de pierre grise, fenêtres étroites… (Je te joins un dépliant de l'école pour te mettre dans l'ambiance). Tu comprends pourquoi je lambine à boucler mes valises.

En attendant, je suis là, dans ma chambre et, comme à chaque fois que je me sens seule, j'essaie d'imaginer ta vie.

Que fais-tu en ce moment ?

Tu es sorti, sans doute. Tu te promènes au bord d'une crique. Tes pieds s'enfoncent dans le sable noir. C'est la cendre du volcan, soufflée jusqu'à la mer.

Sous l'eau, des bancs de poissons d'or glissent entre les coraux.

J'aimerais te rejoindre mais je n'ai que les mots.

Si au moins tu me répondais… Donne-moi de tes nouvelles, à la fin !

Tu me manques, espèce d'idiot !

Pascale,
qui pense très fort à toi.

P.-S. : Gengis Khan t'adresse un message personnel : Hip ! Hip ! Lui aussi pense à toi.

2

LES PIEDS DANS LA COMPOTE

Finalement, mon père a renoncé à l'épuisette : impossible de la caser dans la valise. Quant à Gengis Khan, il m'accompagnait sous la forme d'un vieux portrait pris au Polaroïd, pendant qu'il digérait. Dessus, il ouvre un œil effaré (le gauche) et on voit ses incisives. Tout à fait lui.

– Pascale, je sais que tu es triste de laisser Gengis mais tu ferais mieux de regarder le paysage. Tu vas avoir mal au cœur à force de fixer cette photo.

J'ai jeté un coup d'œil à travers le pare-brise. La route ondulait comme une couleuvre à travers champs. Depuis une heure, nous n'avions pas rencontré une seule ligne droite et la vieille 405 de mon père se traînait à soixante kilomètres à l'heure. Dans mon estomac, mon goûter reproduisait fidèlement les mouvements de la voiture. Encore un virage et je ne pourrais plus le retenir.

– Quelle belle nature sauvage ! s'est exclamé mon père. Regarde ces mouettes !

– Papa, tu m'as déjà montré des poules, des moutons, huit tracteurs et des vaches. De toute façon, je préfère Gengis Khan.

J'ai quand même levé le nez pour ne pas lui faire de peine. Il se donnait tellement de mal pour paraître enthousiaste. Les mouettes tournoyaient comme des flèches d'argent dans le ciel gris. L'averse ne tarderait plus.

Tic. Tic. Toc. Tic-toc. Toc-toc-toc-toc-toc, etc...

– Oh, regarde, papa ! De la pluie ! ai-je dit en montrant le pare-brise d'un air extasié.

– Formidable ! Je sens qu'on se rapproche du but ! a-t-il lancé, triomphant.

Effectivement. Trois virages plus loin, je vomissais mon goûter au pied d'une pancarte :

La pancarte nous indiquait de rebrousser chemin.

– Je ne comprends pas. J'ai pourtant suivi l'itinéraire vert, s'excusa mon père en me tendant une poignée de Kleenex à l'eucalyptus. J'ai dû louper un panneau.

– Tu ne t'es pas trompé. Je *suis* verte, ai-je répliqué pour le consoler.

Le parking de Sainte-Guénolée était presque vide à notre arrivée. J'avais un mauvais pressentiment. Il s'est confirmé lorsque nous avons franchi le portail. Dans la cour d'entrée, mes futurs camarades discutaient en petits groupes. Chacun semblait être venu avec sa bande de meilleurs copains. Soudain, j'ai réalisé que j'étais la seule à crouler sous les bagages et à porter un ciré jaune vif flambant neuf.

Déjà, des regards curieux se posaient sur moi. J'avais l'impression de revivre ce jour horrible de la rentrée en sixième, quand je m'étais aperçue que tous les élèves de ma classe se connaissaient. J'aurais donné n'importe quoi pour me fondre dans un de ces groupes et échanger des blagues débiles sur le climat ou les futurs menus de la cantine. J'aurais donné n'importe quoi pour ressembler aux autres et ne pas avoir près de moi un père d'un mètre quatre-vingt-dix en train de me broyer affectueusement l'épaule.

– C'est drôle, j'ai l'impression d'être le seul adulte, ici. Où sont les moniteurs ?

– Papa, on vient vers nous. Tu peux me lâcher discrètement ?

Le garçon qui s'avançait ressemblait à un poney. Son pull beige lui arrivait aux genoux. Une frange touffue cachait ses yeux et le reste de ses cheveux était noué en queue de cheval.

– Salut, je suis Yannick. J'accueille les derniers arrivés.

– Nous avons du retard ? s'est inquiété mon père.

– Les autres sont là depuis deux heures. Vous êtes restés coincés dans les bouchons ?

– Comment avez-vous deviné ?

– On a le même problème chaque année. Essayez l'itinéraire vert la prochaine fois.

– J'y songerai, a promis mon père.

Yannick a coché mon nom sur la liste et s'est emparé de ma valise. C'était l'instant que je redoutais. Les adieux en public.

Mais mon père a été parfait. Il ne m'a pas soulevée dans ses bras. Il ne m'a pas pressée contre lui en m'ébouriffant les cheveux. Il ne m'a pas crié des mots gentils en courant à reculons. Il m'a juste fait un sourire, un signe de la main, et il a franchi le portail. J'aurais dû être contente, pourtant, j'avais presque des regrets de le voir partir si vite. C'est compliqué, les sentiments.

– Tu viens, Pascale ? On va déposer tes affaires au dortoir.

J'ai suivi Yannick à travers la cour, essayant de me rendre invisible sous mon ciré jaune qui crissait. Dans le bâtiment B, on a longé un immense couloir et grimpé un escalier recouvert de lino.

Brusquement, une porte a claqué à l'étage au-dessus et j'ai eu l'impression qu'un buffle en furie dévalait les marches.

– Allez, les nazes ! À la bouffe ! a hurlé une brute aux cheveux tondus en nous croisant sans s'arrêter.

Ses santiags semblaient lancer des étincelles en cognant les marches.

Calmement, Yannick s'est penché par-dessus la rampe.

– Eh, Graziella ! Mets un bémol, tu veux ?

– Ouais ! a lâché le poids lourd, emporté par sa course.

Schbam ! Nouveau claquement de porte.

– Graziella ? ai-je répété, stupéfaite.

– Oui, elle a l'air cool, a dit Yannick.

Dans le dortoir, d'autres bonnes surprises m'attendaient. On avait des boxes individuels de huit mètres carrés, séparés par des cloisons peintes en jaune citron, et chacun une moitié de fenêtre avec un rideau jaune beurre. Là, au moins, je me fondais dans le décor.

– C'est sympa, cette couleur, a dit Yannick en montrant mon ciré.

– Oui, ça fait chaud au cœur, ai-je soupiré.

Yannick m'a laissée m'installer après m'avoir expliqué comment rejoindre le réfectoire.

En rangeant mes affaires dans le dortoir désert, j'ai décidé de ne pas me décourager. J'avais raté mon entrée, rien de tragique. Il me restait trois semaines pour m'intégrer. Autant commencer dès ce soir.

J'ai balancé mon ciré au fond du placard et je l'ai troqué contre un pull bleu marine sans aucun caractère. Avec mon jean et mes tennis, c'était parfait. J'aurais pu gagner le prix de la tenue la plus banale du monde. Dommage que j'aie les cheveux roux. Ce genre de détail finit toujours par vous trahir.

J'ai suivi les instructions de Yannick : refaire le chemin en sens inverse et pousser la porte du bâtiment A. Un bourdonnement vorace montait du sous-sol : des cliquetis de couverts, des cris, des rires. J'ai pensé à tous ces visages inconnus que j'allais affronter... J'étais là, plantée devant le menu que je relisais sans comprendre – sardines à l'huile, rôti de porc-compote, orange – quand la porte s'est rouverte en coup de vent, cédant le passage à une géante brune qui soulevait une malle de voyage. Derrière la malle, il y avait une fille maigrichonne en robe à smocks, l'air égaré.

– C'est bien ici, le réfectoire ? s'est informée la géante brune.

Sans même attendre la réponse, elle a poussé la malle près du mur.

– Tu reprendras tes affaires plus tard, ma petite Suzanne. Je préfère que tu dînes avec les autres.

– Oui, maman.

– Tu verras, tu t'amuseras bien ici. Et n'oublie pas de m'écrire ! Une lettre par jour, d'accord ? Raconte-moi tout ce que tu fais.

– D'accord, maman.

Pas contrariante, la petite Suzanne. La géante l'a pressée contre son chemisier à fleurs, un adieu comme au théâtre, avant de sortir à grandes enjambées.

Suzanne me regardait à présent, attendant que je dise quelque chose.

– Salut, je m'appelle Pascale.

Un peu léger, comme début. J'ai tenté d'étoffer, coûte que coûte.

– J'espère que tu aimes le rôti à la compote, c'est le menu de ce soir.

– Attends deux secondes, a dit Suzanne qui explorait son sac à dos en vichy rose.

Elle en a ressorti un bic et un cahier de brouillon qu'elle a ouvert au début.

– Pascale, ça s'écrit avec un l ou deux ?

– Un l… Tu as déjà l'intention d'écrire à ta mère ? ai-je plaisanté.

– Non, tu as raison, a-t-elle murmuré en rangeant docilement son cahier à spirale. J'aurai plus de choses à lui raconter après le dîner.

On s'est rendues au sous-sol sans un mot.

Au réfectoire, tout le monde en était déjà au dessert et il ne restait que deux places libres, chacune à un bout de la salle. Je me suis retrouvée à une table de filles qui semblaient appartenir à la même famille. Vêtues de bleu marine des pieds à la tête et coiffées de manière identique : les cheveux coupés au carré avec un serre-tête en velours. Malheureusement, le serre-tête ne figurait pas sur ma liste de survie. Encore une erreur impardonnable.

Mais je n'allais pas me laisser abattre pour si peu. J'ai sorti mon sourire le plus chaleureux et j'ai demandé :

– C'est bon, ce qu'on mange ce soir ?

Les regards échangés de part et d'autre m'ont indiqué que quelque chose clochait dans ma question. J'avais pourtant choisi un sujet neutre.

– Ça devrait te plaire, il y a des sardines, a dit une des filles.

Elles ont pouffé en chœur, le nez dans leur assiette.

Compris. Elles ne voulaient pas de moi dans leur clan. Inutile de s'acharner. Je les ai laissées échanger leurs plaisanteries énigmatiques pour regarder ce qui se passait aux autres tables. La plupart des pensionnaires bavardaient entre eux. Deux rangées plus loin, j'ai reconnu Graziella, la brute aux santiags. Elle s'était fabriqué un dentier de vampire en peau d'orange. Les garçons qui l'entouraient l'avaient déjà adoptée ; ça se voyait à la façon dont ils rigolaient ensemble. Certaines personnes ont le don de se rendre populaires, où qu'elles aillent. J'enviais Graziella.

– Eh, la fille du pêcheur ! Tu manges pas ta sardine ?

C'était l'aînée de la famille Serre-Tête qui avait parlé. Elle me fixait avec un sourire en coin, guettant ma réaction.

– Tu n'as pas mis ta super tenue de mer pour dîner ?

Je savais que ce ciré jaune ne m'attirerait que des ennuis. J'ai soupiré. Dans les romans pour ados que je lisais, les choses ne se passaient pas du tout comme ça. Dès le troisième chapitre, la jeune héroïne, moche, incomprise et solitaire, accomplissait un exploit qui la rendait sympathique aux yeux des autres. Ou bien elle rencontrait quelqu'un dans son genre et ils se réconfortaient mutuellement. Rien à voir avec mon histoire. Pourtant, je refusais de m'avouer vaincue.

J'ai pensé à Stéphane, à ce qu'il aurait fait à ma place, et j'ai regardé la chef du clan droit dans les yeux :

– Ça m'arrive d'enlever mon ciré, ai-je répondu calmement. D'ailleurs, tu devrais en faire autant avec ton serre-tête. Ça comprime le cerveau, à force.

– Tiens tiens, voilà mademoiselle Carotte qui s'énerve. Ça m'arrive d'enlever mon ciré, a-t-elle répété en imitant ma voix.

Cette fois, les autres n'ont pas ri.

– Je ne m'énerve pas. C'est toi qui me provoques.

– Laisse tomber, Anne-Sophie, a lancé une des filles, la plus petite du groupe.

Mais Anne-Sophie voulait la bagarre. Elle a saisi son verre et, soudain, je me suis retrouvée ruisselante d'orangeade chimique.

Autour de nous, le silence s'étendait peu à peu. Je me suis levée. J'aurais vraiment préféré ne pas en arriver là mais je n'avais plus le choix. C'était le moment pour la jeune héroïne d'accomplir son exploit. J'ai soulevé le plat de compote en face de moi et tout s'est passé très vite. Le temps d'entendre Graziella s'écrier : « Ouais ! Du sang, les filles ! » et Anne-Sophie s'est transformée en un tas de mousse jaune hurlant de rage.

C'était le signal. Graziella s'est mise à cogner

son verre sur la table, aussitôt imitée par ses voisins. Le vacarme s'est propagé dans la salle, un chaos de rugissements et de sifflets, jusqu'à ce qu'un cri brise net l'élan.

– Maintenant, vous vous TAISEZ !

La monitrice a marché droit sur nous. Elle ressemblait à sa voix : sèche, froide, coupante. Elle m'a regardée. Je l'ai regardée. On s'est tout de suite déplu.

– Donnez-moi vos noms ! a-t-elle lancé sans me quitter des yeux.

On les lui a donnés et elle les a cochés sur sa liste d'appel.

– Dorel, Courneuve, si je vous reprends à vous battre au réfectoire, vous serez de corvée de ménage toute la semaine. C'est compris ? Dorel, c'est toi qui as jeté la compote ?

C'était parfaitement évident mais j'ai quand même dit oui.

– Tu nous rejoindras à la veillée, quand tu auras nettoyé tes saletés.

– Et moi, je peux monter me laver ? a imploré Anne-Sophie qui se pétrifiait sur place.

– Vas-y, mais dépêche-toi !

Elle s'est éloignée en m'adressant une grimace de cochon qui lui allait plutôt bien. Je n'ai pas fait remarquer que j'étais trempée de jus d'orange.

La monitrice m'a apporté une éponge et j'ai regardé le réfectoire se vider. Au passage, Suzanne m'a offert un sourire timide. Yannick sortait le dernier ; il m'a lancé un clin d'œil sous sa frange de poney.

– Tu as mis une sacrée ambiance pour un premier soir !

– C'est mon côté boute-en-train, ai-je expliqué.

Et voilà. J'avais déjà un fan-club. Comme une héroïne.

Je suis restée à nettoyer la compote pendant que les autres se rendaient à la salle de jeux pour la veillée chansons. Je sens que je vais finir par m'intégrer. À force.

Larvor-Enlock, le 4 août

Cher Stéphane,

Dans ma dernière lettre, il était vaguement question que je te rejoigne en radeau. Malheureusement, mon embarcation n'a pas franchi les tropiques. Elle s'est échouée dans le dortoir de Sainte-Guénolée, entre quatre murs jaunes.

J'ai l'impression d'être à la plage, bercée par la rumeur de l'océan (mon box est près des douches) et par la radio de Graziella. Elle écoute la météo marine. Elle a parié dix fraises Haribo avec Cathy Lesecq, une fille de sa bande, qu'il pleuvrait encore demain.

Tout le monde appartient à une bande ici – à part Suzanne Milou, Agnès Lugère (elle vient de Savoie et déteste la mer) et moi, pour changer. Heureusement qu'il y a les groupes de niveau par matière. Là, au moins, j'ai réussi à trouver ma place : je suis dans le groupe A en français, dans le groupe C en maths et en anglais. On a cours de neuf heures à douze heures, chaque jour sauf le dimanche. Le prof de maths s'appelle Théophile Reyme. Il est grand, avec des traces d'acné et des cheveux blond filasse. En nous rendant les tests d'évaluation, il a soupiré qu'il ne pouvait sans doute rien pour moi, sauf m'aider à choisir une marque de machine à calculer. Deborah Debeuliou, la prof d'anglais, m'a promis qu'en travaillant, je passerai dans le groupe B à la fin du mois. Je l'aime bien, surtout parce qu'elle me rappelle Gengis Khan. Elle a de longues dents et une frange couleur caramel.

Le prof de français, Virgile Prunel, est bizarre. Il porte des bretelles bariolées par-dessus ses tee-shirts et il gesticule sans arrêt. Le premier jour, il nous a fait un long discours en mimant plusieurs personnages et en fouettant le bureau avec le chiffon du tableau. Il nous a dit : «Je veux que vous participiez, que vous vous exprimiez. Le langage est un jeu et vous êtes des acteurs. N'ayez pas honte d'être vous-mêmes !»

Ça a duré une heure. J'ai l'impression que ce type est fou. Il a mis Graziella dans le groupe A sous prétexte qu'il avait aimé sa traduction de L'Avare en langage moderne (c'était une des épreuves du test). Il est sympa mais un peu fatigant, à la longue.

Pour l'instant, c'est Yannick Le Goff que je préfère, le moniteur qui s'occupe de la classe Nature et Randonnées. Demain, il nous emmène visiter l'aquarium géant de Kerludyck.

En général, l'après-midi est consacré aux balades et au sport. On a aussi droit à des sorties libres au village, le mercredi et le samedi, à condition de rentrer pour l'appel du dîner. J'ai hâte d'être à mercredi, tu t'en doutes ! En attendant, j'essaie un peu toutes les activités. Hier, je suis montée sur une planche à voile pour la première fois de ma vie. J'ai parcouru quinze mètres et je suis restée bloquée dans les algues. Jean-Jacques, le moniteur de sport, m'a dit que ce n'était pas si mal pour un début. Je lui ai demandé si on pouvait relier le Finistère à la Réunion en planche à voile. D'après lui, c'est possible mais il faudra que je m'entraîne encore un certain temps.

Je crois que j'ai intérêt à prendre l'avion si je veux venir te voir un jour.

Écris-moi, en attendant ! Une petite carte suffirait. Ou une photo. Je l'accrocherais sur mon mur jaune, en face du lit. Les autres filles ont scotché des posters de mannequins et de couchers de soleil pour décorer leur box. Suzanne a même apporté une vierge lumineuse, qui tourne en chantant «Jésus, reviens !» mais la mono a confisqué les piles. Elle a dit que Suzanne devait dormir dans le noir, comme tout le monde. C'est une vraie peau de vache.

J'ai intérêt à planquer ma lampe de poche. Le soir, après l'extinction des feux, je me fourre sous les draps et je regarde mon Polaroïd de Gengis Khan. Qu'est-ce qu'il me manque !

Toi aussi, tu me manques. Réponds-moi, au moins une fois ! Je t'interdis de m'oublier !

Pascale.

P.-S. : Virgile Prunel nous a donné une rédaction à rendre dans quinze jours : «Rédigez le portrait de quelqu'un que vous aimez.» Je voudrais bien faire le tien mais j'ai peur que les autres ne comprennent pas. Alors je vais sans doute décrire mon hamster. J'ai pas envie qu'on me repère encore !

3

CHACUN SON ÎLE

La neige tournoyait au ralenti. Elle a glissé sur le toit rouge et s'est entassée autour du chalet.

– C'est beau, a soufflé Suzanne. Je peux essayer ?

Elle a pris la boule magique, l'a secouée. De nouveau, la neige a dansé dans le ciel liquide.

– Moi, ça me rend triste, a dit Agnès. Ça me rappelle mes Alpes.

J'ai regardé ma montre : treize heures trente. On avait quartier libre cet après-midi et, pour la première fois depuis notre arrivée, il faisait une vraie chaleur d'août, sèche, énervante. Je n'avais aucune envie de rester dans le dortoir à regarder tomber de la fausse neige.

– Dites, les filles, ça vous tente une balade ?

– Sans plus, a répondu Agnès. Je préfère la montagne.

Suzanne aussi, apparemment. Elle retournait encore la boule neigeuse, captivée par les flocons de polystyrène.

– Méfie-toi, Suzanne. Ça peut devenir une drogue, ce truc-là.

Elle a reposé la boule en rougissant.

– Tu as raison. Il vaut mieux que j'écrive à ma mère.

Je me suis retrouvée seule, pour changer. J'ai suivi les rues pavées de Larvor-Enlock, inondées de soleil. À la librairie du port, j'ai acheté trois cartes postales : une vue de la côte sous la pluie pour mes parents, un voilier pour Stéphane et un champ de maïs pour Gengis parce que c'est son aliment préféré. J'ai longé la grande plage, transformée en mosaïque bariolée par les parasols. J'avais envie d'un coin à moi. Un coin de sable et de vent pour penser à Stéphane. Mon frère silencieux. J'ai poursuivi ma route.

Devant le centre commercial, j'ai aperçu Graziella, de loin. Impossible de la confondre. C'est la seule personne capable de supporter un perfecto, un pantalon de velours noir et des santiags en pleine canicule. Elle piochait mélancoliquement dans un paquet de gaufrettes.

– Tiens, salut ! a-t-elle lancé en me reconnaissant. Tu fais du tourisme ?

– Je cherche un coin pour me baigner.

– C'est ce que je voulais dire. Tu veux une gaufrette ?

Je n'ai pas osé refuser. Les réactions de Graziella étaient imprévisibles. La veille, elle avait à moitié assommé un garçon qui lui demandait si elle savait nager. En mastiquant mon gâteau, je cherchais désespérément un sujet de conversation.

– Cathy et Jennifer ne sont pas avec toi ?

– Sont allées se bronzer. De toute façon, j'ai besoin de personne, en Harley-Davidson.

– Moi non plus, j'aime pas la foule, ai-je répondu au hasard.

– T'es bizarre, comme fille, a murmuré Graziella, pensive.

– Tu trouves ?

– Ouais, t'as toujours l'air d'être ailleurs.

Elle a relevé la jambe de son pantalon et s'est gratté le genou férocement. Puis elle a tiré sur sa chaussette. C'était une chaussette noire, avec une frise de têtes de mort sous l'élastique.

– Toi aussi, tu es bizarre, ai-je remarqué.

– Peut-être. Chacun son style, Achille.

Je ne voyais rien à ajouter. J'ai repris mon sac à dos.

– Bon, j'y vais. Tu ne veux pas venir te baigner ?

– T'inquiète pas pour moi.

En m'éloignant, j'ai entendu Graziella qui m'appelait.

– Eh ! Pascale !

Je me suis retournée.

– Si t'as la bande des Schtroumpfettes qui te casse-noisette, radine-toi !

Ça devait signifier : « Si la bande des filles

en bleu marine te casse les pieds, viens me voir. »

J'ai fait un signe de la main pour la remercier.

– D'accord.

Mais je savais que je n'oserais pas.

J'ai suivi la mer jusqu'à la lisière du village puis j'ai traversé un pont qui surplombait une petite plage, étroite, moche. Et déserte. Je suis descendue.

En bas, l'eau était calme et brillante, dorée de tout le soleil qui se fondait dedans. Je mourais d'envie de la sentir sur ma peau.

J'ai jeté mes affaires sur le sable, ôté mes vêtements et, l'instant d'après, je m'élançais vers l'or liquide. J'ai nagé jusqu'aux barques vertes, là où je n'avais plus pied, et je me suis amusée à plonger entre les taches de lumière. Puis je me suis laissée flotter sur le dos, les yeux dans les nuages. J'étais totalement libre, heureuse. J'aurais voulu rester là toujours, sans penser à rien. Mais un rire un peu fou a retenti sur la plage. J'ai aperçu une vieille dame en jogging rose et un garçon qui bondissait à ses côtés en couinant comme un chiot. Il avait l'air drôlement content de voir la mer.

Dès qu'il m'a remarquée, il a couru vers l'eau en faisant de grands moulinets avec ses bras. Je l'ai salué en retour et il a sautillé sur place. Étrange, ce type. Il était baraqué comme un garçon de seize ans mais il se comportait comme s'il en avait dix de moins.

J'ai plongé sous une des barques. Quand je suis remontée, j'ai vu qu'il s'avançait dans l'eau. Il a poussé une sorte de cri de Tarzan, il s'est laissé tomber à plat ventre et il a barboté vers moi. J'ai contourné ma barque et agrippé la corde qui l'amarrait.

De nouveau, le rire du garçon a éclaté, plus proche. Mon petit jeu de cache-cache semblait lui plaire. Je l'ai entendu frôler l'embarcation. Je me suis avancée et on s'est retrouvés nez à nez.

J'ai senti mon cœur cogner dans ma poitrine. Sa tête était énorme, ronde, et ses yeux bridés me fixaient d'un regard idiot. Quand il s'est remis à rire, je me suis projetée en arrière, morte de trouille. J'ai crawlé vers la rive, de toutes mes forces. J'ai nagé tellement vite que j'étais vidée en sortant de l'eau. Je me suis abattue sur le sable, les jambes flageolantes, et j'ai aussitôt enfilé ma chemise, sans prendre le temps de me sécher.

La vieille dame en jogging s'était assise près de mon sac. Elle tricotait en surveillant le rivage. Elle a fait un signe au garçon qui revenait tranquillement vers la plage et s'est tournée vers moi.

– Voulez-vous que je vous prête une serviette ? a-t-elle proposé avec un sourire.

J'étais en train de me battre à mort avec mon short. Mes cheveux me gouttaient dans le cou, trempant ma chemise.

– Non, merci. J'aime bien être mouillée.

Je n'avais qu'une envie : partir, le plus vite possible. J'ai fourré mes affaires dans mon sac, en balançant des kilos de sable à l'intérieur.

– Vous nagez très vite, a repris la vieille dame. Vous faites de la compétition ?

Je l'ai regardée. Elle me souriait toujours mais, dans ses yeux, j'ai lu comme un reproche.

Elle s'est détournée, fixant de nouveau son attention sur son tricot.

– Mais je ne veux pas vous retenir. Vous semblez pressée. C'est gentil d'avoir joué avec Félix.

Brusquement, je me suis sentie nulle. Personne ne me voulait de mal. Ce garçon était différent, et alors ? Il n'était pas un monstre. J'ai lâché mon sac et je me suis rassise.

– Je ne suis pas pressée.

– Je m'appelle Valentine, a dit la vieille dame en me tendant une serviette.

On a regardé Félix qui faisait reculer la mer à grands coups de pied.

– Je crois qu'il essaie de vous impressionner. Il est gentil, vous savez. Ne vous fiez pas aux apparences.

Quand Félix s'est assuré qu'il pouvait commander la marée, il a applaudi son exploit. Puis il a couru nous rejoindre. Il a entrepris de m'asperger en secouant ses cheveux et ses bras. J'ai décidé d'être patiente, quoi qu'il arrive.

– Félix, sèche-toi normalement, s'il te plaît, a grondé Valentine en se levant.

– Tiens, Félix. C'est ça que tu veux ?

Je lui ai tendu la serviette rouge. Il l'a prise et l'a brandie par-dessus sa tête.

– Jje suis Ssu-perman !

– Tu es Superfélix, a corrigé Valentine en lui frictionnant le dos.

– Et ttoi, comment c'est, tu t'ap-pelles ?

J'avais un peu de mal à le suivre. Il bégayait et butait sur les mots. Mais je n'avais plus peur de lui. Peut-être parce que Valentine était là, tranquille et souriante.

– Comment c'est, tu t'ap-pelles ? a répété Félix, têtu.

– Pascale.

– Ppas-cale. Bbon-jour, Pas-cale.

– Bonjour, Félix.

– Jje veux mettre à ccôté, a dit Félix.

Il s'est étendu entre Valentine et moi. Il avait un corps bizarre, pâle et trop maigre par rapport à sa tête. C'était difficile de lui donner un âge précis. Il s'est mis à creuser le sable à grands coups de talons.

– Qu'est-ce que tu fais, Félix ?

– Fféfélix-fféfélix !

Il a éclaté de rire. J'ai repensé à l'eau, à ma peur. Non, c'est fini maintenant. Je me suis forcée à le regarder. Il louchait un peu, comme les chats quand ils regardent de près. Il m'a fait un grand sourire.

– Tu mette sabe, Ppas-cale. Dessus, au-tour. Sabe ppartout Félix !

Sabe partout Félix ? Ça devenait un peu obscur.

– Je ne comprends pas.

– Félix veut jouer à Robinson, a traduit Valentine. Je vais vous montrer !

Elle a lâché son tricot pour venir s'accroupir près de lui.

– Tu veux une grande île ou une petite ? a-t-elle demandé en poussant le sable sur les pieds de Félix.

– Ggrande ! Jus-qque cou ! Attends !

Il s'est dégagé en rigolant et il a retiré ses tennis pleines d'eau.

– Tu nages avec tes chaussures ?

– Jj'aime ppas ça, mes ppieds mouillés.

C'était parfaitement logique. Content de son explication, Félix s'est rallongé pour qu'on le transforme en pâté de sable géant. On s'est mises au travail, ratissant notre coin de plage. À tour de rôle, on l'a recouvert d'une pluie de grains chauds et doux.

– Ppas les bras, cha-touille !

Félix a fermé les yeux. Il souriait aux anges qui glissaient dans le ciel, invisibles.

– Tu es bien dans ton île ? a demandé Valentine.

– Bin, ccomme Binson !

– Comme Robinson, mon trésor.

– Ccomme Ro, Binson, a répété Félix.

Soudain, il m'a regardée, inquiet.

– Mais ttoi, t'as pas, une île ?

Je me suis redressée. C'est peut-être idiot mais, pendant un instant, j'ai vraiment cru que Félix lisait dans mes pensées. Comme s'il sentait des choses qui nous échappaient. Comme si un des anges, là-haut, s'était niché derrière ces yeux fous qui me fixaient.

– Si, j'ai une île, ai-je murmuré.

– Où elle est ?

– Très loin. Au bout du monde.

Valentine a dû remarquer ma gêne. Elle a donné une petite tape sur le genou de Félix avant de se relever à son tour.

– Ma foi, chacun son île.

– Achille, ai-je complété, me souvenant de Graziella qui s'empiffrait de gaufrettes, assise au soleil.

– Achi-lachi-lachi-lachi, a chantonné Félix en remuant ses orteils.

Valentine a récupéré son tricot échoué dans le sable et l'a regardé avec ennui.

– Au fond, je me demande pourquoi je m'obstine à tricoter. Je suis nulle et j'ai horreur de ça.

Elle m'a montré l'objet, qui ressemblait à une crêpe pleine de trous. Une crêpe vert pâle en angora.

– Qu'est-ce que c'est, à votre avis ?

– Euh, un napperon ?

– C'est bien ce que je pensais, a soupiré Valentine. C'est un gilet. Enfin, une manche de gilet pour être exacte. Je voulais l'offrir à mon petit-neveu.

– Il a combien de mois ? ai-je demandé, essayant de rattraper ma gaffe.

– Clément ? Oh, il est un peu plus grand que

vous. Il a, voyons... treize ou quatorze ans ? Il faudrait lui poser la question. Je n'ai aucune mémoire des chiffres !

Elle a fourré le bout de manche au fond de son sac, visiblement soulagée.

– Adieu, tricot ! Tu me serviras à bourrer un coussin.

J'espérais qu'elle n'oublierait pas d'enlever les aiguilles avant. Elle a jeté un coup d'œil à sa montre Mickey, un modèle semblable à celui que mes parents m'avaient offert pour mes huit ans.

– Cinq heures. Il est temps que je fasse mes katas.

– Kka-tas, a murmuré Félix, qui somnolait sous sa couverture de sable.

Valentine a rajusté son chignon, qui avait glissé du côté droit pendant la séance de pâté. Puis elle a dénoué les rubans mauves de ses baskets. Je mourais d'envie de savoir ce qu'étaient les « katas » mais je devais rentrer à Sainte-Guénolée pour l'appel.

– Il faut que j'y aille, ai-je dit en m'emparant de mon sac.

Valentine s'est inclinée devant moi, les mains jointes.

– L'exercice du karaté commence et prend fin avec la courtoisie.

Je me suis courbée à mon tour. J'avais déjà vu faire ça dans un vieil épisode de *Kung-Fu*. On a éclaté de rire ensemble et Félix s'est réveillé en sursaut pour se joindre à nous. Soudain, je me suis sentie très légère. C'était la première fois que je riais depuis mon départ d'Angers. La première fois que j'étais aussi bien.

– Écoutez, pourquoi ne pas revenir nous voir, un de ces jours ? Clément sera là. Il pourra vous dire son âge.

Ça me paraissait une bonne raison de revenir. N'importe quoi m'aurait paru une bonne raison de revenir.

– J'adore connaître l'âge des gens ! ai-je approuvé, prenant mon air le plus enthousiaste.

– Vraiment ? Eh bien, passez ! Nous habitons juste à côté.

Valentine me montrait une petite villa aux volets rouges, en bordure de la plage.

– D'accord, c'est promis !

Je me suis sauvée.

En repassant sur le pont, je les ai aperçus : Félix, qui agitait les bras, et Valentine, qui semblait danser au ralenti, portée par le vent.

Larvor-Enlock, le 8 août

Cher Stéphane,

Je parie que tu brûles d'envie de connaître la suite de mes aventures à Larvor-Enlock !

Cher Stéphane,

Samedi, il m'est arrivé quelque chose de vraiment bizarre, de pas banal !

Cher Stéphane,

C'est difficile de trouver les mots pour te dire ce qui m'est arrivé samedi.

Cher Stéphane,

Je sais bien que tu ne me répondras pas mais…

4

LES VAUTOURS SONT DANS LA PLAINE

...Je sais bien que tu ne me répondras pas...

J'ai reposé mon stylo avec un soupir. Impossible d'écrire. J'avais envoyé tant de lettres, persuadée que quelque chose finirait par se produire. « Cher Stéphane... » C'était comme une formule magique...

J'ai jeté un coup d'œil autour de moi, en quête d'inspiration.

Dans la salle d'étude, l'ambiance n'était pas franchement au travail acharné mais nous étions censés faire nos devoirs de cinq à sept heures, surveillés par Lame-de-Rasoir, la monitrice sadique. Il fallait bien donner le change. Graziella piquait du nez sur son livre d'anglais, les mains plaquées sur ses oreilles pour cacher les écouteurs de son walkman. Elle avait poussé le volume au maximum pour ne pas s'endormir. J'entendais la batterie de sa cassette de hard-rock malgré les deux rangs qui nous séparaient. Près d'elle, Cathy et Jennifer se livraient à une captivante partie de bataille navale.

De l'autre côté de l'allée, Anne-Sophie et ses Schtroumpfettes se passaient un numéro de *Jeune et Ravissante*, dissimulé sous un protège-cahier bleu marine. Suzanne était la seule à noircir page sur page depuis une heure. Encore en train d'écrire à sa mère... Je me demandais ce qu'elle pouvait bien trouver de neuf à lui raconter, à part ce qu'elle avait mangé la veille.

Suzanne a dû sentir que je l'observais. Elle a jeté un coup d'œil par-dessus son épaule et m'a chuchoté d'un ton de conspiratrice :

– Eh ! Tu te souviens de ce qu'on a mangé hier soir ?

Je me suis aplatie sur ma table, la main en cornet devant ma bouche, pour lui murmurer cette information capitale :

– Salade de tomates avec un s. Paella. P, a, e, l, l, a. Fromage blanc.

Mais, au même moment, j'ai croisé le regard cruel de Lame-de-Rasoir qui nous guettait depuis son bureau.

– Dorel, travaille ! a-t-elle lancé.

J'ai replongé sur mes feuilles, la mort dans l'âme. La voix métallique de Lame-de-Rasoir avait dû brouiller les ondes sonores de Graziella parce qu'elle a brusquement baissé le volume de son walkman et, pendant un instant, on n'a plus entendu que le grattement du bic de Suzanne.

J'étais incapable d'écrire à Stéphane mais je pouvais au moins parler de lui dans ma rédaction. De toute façon, je n'avais plus le choix. Au dernier cours, quand Agnès avait demandé à Virgile Prunel si elle avait le droit de décrire son poney, il avait secoué la tête d'un air épuisé. « J'aimerais que vous insistiez sur la dimension humaine, psychologique du sujet, avait-il précisé. Si personne dans votre entourage n'est aussi passionnant que votre poney, vous n'avez qu'à décrire un ami imaginaire. »

Après le cours, Agnès m'a confié qu'elle avait l'intention de faire le portrait de Yannick en train de courir sur une plage, sa longue crinière blonde ébouriffée par la brise marine. J'ai l'impression qu'elle n'a pas vraiment compris ce que le prof attendait.

De mon côté, je me voyais mal analyser la psychologie de Gengis Khan, alors autant parler de Stéphane.

J'ai pris une nouvelle feuille. J'ai mâchouillé le bout de mon stylo pendant trois bonnes minutes et je me suis lancée.

Pascale Dorel

Portrait psychologique

On porte tous une histoire à l'intérieur de nous, comme un trésor. Quand j'avais huit ans, mon frère me parlait des voyages qu'il ferait plus tard. On habitait une maison de brique, près d'un canal et, le soir, en été, on allait se promener le long des berges.

J'écoutais Stéphane me décrire ses îles inconnues, leur ciel noir et rouge déchiré par l'orage, la pluie tiède qui pénétrait les feuillages et soulevait les odeurs de la terre. Quand il racontait, il partait loin, très loin. Le monde réel se déformait comme de la cire qui fond et c'était un peu effrayant de le suivre.

Un jour, il s'était interrompu au beau milieu d'une description, le bras tendu vers l'autre rive.

– Regarde, Pascale ! Tu vois le cargo, là-bas ?

Il me montrait une bouteille échouée dans la vase. Le soleil ricochait sur le verre, projetant des rayons orange et blancs.

Soudain, j'ai compris ce qui allait se passer. Mon frère monterait dans le cargo invisible, il me laisserait seule et je ne le reverrais jamais. Alors je me suis écriée :

–Oui, je le vois ! Il y a des passagers qui nous font des signes avec des lampes de couleur.

– C'est vrai, a dit Stéphane. On dirait qu'ils se rapprochent.

On avait l'air tellement gais et excités qu'un promeneur s'est arrêté pour nous demander ce qu'on regardait. J'ai répondu que c'était un cargo qui passait au large.

– Mais ce n'est qu'une vieille bouteille, a dit l'homme.

Il nous a fixés bizarrement, comme si on se moquait de lui. Puis il a souri et il a désigné une branche morte entraînée par le courant.

– Je vois, a-t-il repris. Bien sûr que c'est un cargo. Mais j'espère que le capitaine sait manœuvrer parce qu'il y a une grosse baleine qui fonce droit dessus. Regardez !

Stéphane et moi, on s'est dévisagés.

– Ce n'est pas une baleine, a répondu mon frère avec douceur. C'est juste un vieux bout de bois pourri.

C'est sans doute pour ça que j'aimais tellement ses histoires. Il ne les partageait qu'avec moi.

J'avais à peine mis le point final qu'un autre poing, humain celui-là, a frappé à la porte de l'étude. On a tous levé le nez de nos feuilles, sauf Graziella qui s'était assoupie pour de bon.

– Entrez ! a lancé Lame-de-Rasoir.

Yannick a glissé sa tête dans l'entrebâillement et le visage de Lame-de-Rasoir s'est immédiatement métamorphosé. Elle lui a offert un sourire plein de dents et de rouge à lèvres, aussi tranchant que son profil. Elle a tenu deux secondes, le temps que Yannick annonce :

– On demande Pascale Dorel au téléphone !

J'ai bondi de mon siège, suivie par vingt regards envieux. Quand je suis passée devant le bureau, Lame-de-Rasoir m'a ignorée. Elle a repris son livre de poche d'un air maussade. Il s'intitulait : *Devenez rayonnante*. Apparemment, elle n'avait pas dépassé l'introduction.

– Alors Pascale, prête pour un nouveau jeu de piste ? a dit Yannick en refermant la porte.

Il m'a expliqué comment rejoindre le secrétariat. C'est là qu'on recevait les communications de l'extérieur. Il suffisait de prendre le couloir de gauche, sortir, traverser la cour, gagner le bâtiment gris près du portail et frapper à la troisième porte à droite.

– Ça va ? Pas trop compliqué ?

– Qu'est-ce que je gagne au bout ?

– La voix d'un admirateur inconnu.

– Bon, alors je fonce !

Deux minutes plus tard, je pénétrais dans le bureau de Sophie Touranget, la secrétaire. Elle m'a désigné le téléphone mural au fond de la pièce. Je me suis précipitée.

– Allô ?

– Salut, c'est Gengis Khan, ton admirateur secret, a murmuré une voix étouffée.

– Salut, papa. Comment ça va ?

– Tu nous manques, ma grande. Ça fait un

bout de temps que tu n'as pas donné signe de vie.

– Tu exagères ! Je vous ai envoyé une carte mercredi.

– Ah oui ! Ce merveilleux paysage en noir et blanc. Je l'ai épinglé dans mon atelier.

– C'est une carte en couleurs. Le ciel est naturellement gris, par ici.

Mon père a bafouillé quelques mots à propos de la beauté sauvage de la Bretagne puis il a enchaîné sur le seul sujet qui le préoccupait vraiment.

– Est-ce que tu t'es fait des amis depuis ton arrivée ?

J'ai réfléchi. Je parlais avec Suzanne et Agnès. J'avais mangé une gaufrette avec Graziella. Je participais à toutes les excursions de Yannick. Mais, au fond, je ne les connaissais pas vraiment. Aussi bizarre que ça puisse paraître, Félix et Valentine étaient les seules personnes dont j'avais envie de parler. Je me suis lancée.

– J'ai rencontré une vieille dame sur la plage. Elle s'exerçait au karaté avec son neveu. Il ne parle pas normalement mais il est très gentil.

– Oh, parfait, a murmuré mon père. Je suis très heureux que tu aies réussi à t'intégrer.

De deux choses l'une : soit la ligne était mauvaise, soit il n'avait pas écouté un mot de ce que je lui disais. Visiblement, quelque chose le tracassait.

– Papa, tu es sûr que tout va bien ?

– Mais oui, ma cerise. Au fait, nous passerons bientôt te voir, ta mère et moi. Nous avons une bonne nouvelle à t'annoncer.

J'ai tendance à me méfier des « bonnes nouvelles » de mon père. La dernière fois qu'il avait employé ces mots, c'était pour me confirmer mon inscription à Sainte-Guénolée.

– Ça n'a rien à voir avec Gengis Khan, j'espère ?

– Non, rassure-toi, il se porte comme un charme. Nous l'avons installé dans la cuisine, près du jardin d'herbes aromatiques, et je lui raconte des histoires de Calvin et Hobbes chaque soir.

– Ne le gâte pas trop, sinon il va m'oublier, ai-je dit en riant.

Machinalement, j'ai glissé un regard vers Sophie Touranget. Le menton calé sur sa paume, elle ne perdait pas une miette de la conversation.

– Bon, papa, il faut que je te laisse. Je suis au secrétariat…

– Les vautours sont dans la plaine ? a plaisanté mon père.

– Tu as deviné. Embrasse maman et Gengis de ma part.

– Ton admirateur secret leur transmettra le message. À bientôt, ma puce.

J'ai regagné l'étude en me demandant quel genre de bonne nouvelle mon père me réservait. La porte de la salle était grande ouverte. Lame-de-Rasoir avait disparu et Suzanne sanglotait au milieu de l'allée. Dès qu'elle m'a aperçue, elle a couru vers moi.

– Pascale ! Elle a pris ton devoir pour le faire lire aux autres. J'ai pas pu l'empêcher !

J'ai senti mon sang se glacer.

– QUI ? Qui l'a pris ?

– C'est ça que tu cherches, Carotte ?

Anne-Sophie. J'aurais dû m'en douter. Un sourire de pimbêche éclairait son visage. Elle tenait ma feuille entre le pouce et l'index et a minaudé :

– « Regarde, Pascale ! Tu vois le cargo, là-bas ? »

Le clan des Serre-tête a éclaté de rire.

– Tu es sûre qu'il est normal, ton frère ?

– Je vais te tuer !

J'ai à peine reconnu ma voix, comme si les mots avaient grincé dans ma gorge. Soudain, une force terrible est montée en moi, elle m'a soulevée tout entière et j'ai bondi vers Anne-Sophie. Ses copines ont aussitôt formé une haie pour m'empêcher de passer.

– Viens la chercher, ta copie ! a ricané Anne-Sophie en agitant mon devoir au-dessus de sa tête.

J'ai agrippé une des filles par son gilet et j'ai tiré pour la faire tomber, mais les autres m'ont repoussée. J'ai lancé une gifle, au hasard. Un serre-tête a roulé à terre et j'ai à peine eu le temps d'esquiver un coup de pied.

– Sales pestes !

J'allais replonger sur elles, toutes griffes dehors, quand une voix familière a retenti dans la salle.

– Eh, les filles ! Vous trouvez ça juste, sept contre une ?

Graziella a posé son walkman. Elle s'est levée avec une lenteur inquiétante, suivie par ses deux terreurs, Cathy et Jennifer.

– Non, a dit Cathy. F'est pas vuste du tout.

Cathy mesurait un mètre cinquante et avait un cheveu sur la langue mais tout le monde la craignait. Elle était ceinture verte de judo et le bruit courait qu'elle avait tenté de mettre le feu au labo de chimie de son collège.

Jennifer a simplement souri d'un air cruel. On la surnommait La Fille au Masque de fer à cause de son appareil dentaire.

Elles se sont avancées dans l'allée en faisant claquer leurs santiags sur le linoléum. On se serait cru dans un western, à la grande scène du règlement de comptes. Dans l'étude, le silence était presque total.

Graziella m'a doucement repoussée d'un revers de bras.

– Laisse. Je m'en occupe.

– Tu me fais pas peur, Gros Tas ! a crié Anne-Sophie derrière sa haie de gardes du corps.

Graziella a saisi une chaise qui traînait là et l'a brandie au-dessus de sa tête comme une massue. Les Serre-tête se sont aussitôt écartées.

– Aboule le devoir ! a grondé Graziella. Ou je te transforme en purée.

Suzanne a poussé un cri étranglé. Penchée sur ses feuilles roses, elle prenait des notes à toute allure.

– Regarde, au lieu d'écrire ! lui ai-je soufflé. Tu vas rater le meilleur.

– Donne-lui sa rédac, Anne-Sophie ! a suggéré Ségolène, la plus petite des Schtroumpfettes.

– Et si je refuse ? a répliqué Anne-Sophie, qui pâlissait à vue d'œil.

Cathy et Jennifer ont fait un pas en avant. Elles ne sont pas allées plus loin. La porte de l'étude a claqué avec violence et la voix acide de Lame-de-Rasoir nous a rappelées à l'ordre.

– Qu'est-ce qui se passe ici ? Je croyais vous avoir laissées en autodiscipline !

– On y est, madame, a dit Graziella. Je mettais juste un peu d'ordre et Anne-Sophie me passait une feuille double pour Pascale.

Graziella a reposé sa chaise avec délicatesse. Elle a adressé un petit signe à Anne-Sophie qui m'a rendu mon devoir sans broncher.

– La prochaine fois que tu m'appelles Gros Tas, je te latte la tronche, lui a-t-elle murmuré.

– *On* te latte la tronfe, a généreusement précisé Cathy.

Jennifer s'est contentée de faire scintiller son appareil dentaire.

– Et alors ? Qu'est-ce que vous attendez pour regagner vos places ? a lancé Lame-de-Rasoir, visiblement pressée de se replonger dans *Devenez rayonnante*.

Graziella m'a lancé un clin d'œil qui lui a crispé la moitié du visage.

– À plus, à la veillée...

Je l'ai regardée s'éloigner, un peu ahurie. À l'évidence, Graziella avait décidé de m'inclure dans sa bande de loubardes. J'allais devoir me procurer très vite une paire de santiags. C'était une question de survie.

Larvor-Enlock, le 9 août

Cher papa, chère maman,

Moi aussi, j'ai une bonne nouvelle à vous annoncer : je suis en train de m'intégrer. Depuis hier soir (dix-huit heures trente), je fais partie du «gang des loubs». Mes nouvelles copines s'appellent Graziella de Saint-Cyr, Cathy Lesecq et Jennifer Gouillet. Elles sont très populaires auprès des autres filles. Tout le monde rêve de rentrer dans leur bande mais les conditions

d'admission sont très strictes : il faut briser une règle en bois à mains nues, connaître au moins vingt gros mots et porter en permanence une paire de bottes à talons biseautés.

J'espère être dispensée de la première épreuve mais ça me simplifierait la vie si vous pouviez m'envoyer :

1) une photocopie du dictionnaire d'argot que maman garde en haut de sa bibliothèque (surtout les lettres B, C et P) ;

2) une paire de santiags noires, taille trente-six. (On n'en trouve pas dans les magasins de Larvor-Enlock.)

Merci d'avance. Je vous embrasse très fort.

Pascale.

P.-S. : Est-ce que Gengis Khan a reçu sa carte ?

5

TU LE CONNAIS ?

D'accord, j'avais un peu exagéré. Cathy était la seule de la bande à pouvoir briser une règle à mains nues et elle ne l'avait fait qu'une fois. Quand le prof de maths lui avait demandé d'arrêter de scier sa table avec son cutter. Depuis, elle n'était pas retournée à son cours. Les gros mots n'étaient pas non plus indispensables. Dans l'ensemble, je comprenais les loubardes, même si elles truffaient leurs phrases d'expressions mystérieuses du genre : « Tu rigoles des genoux ! » ou « Ta mère en orbite dans l'espace ! »

Pour les santiags, le problème était différent. Graziella m'avait proposé d'essayer les siennes à la plage. Elle chausse du quarante et moi du trente-six mais j'ai pensé que ce serait une expérience enrichissante. Je me suis avancée dans le sable en traînant les pieds. J'avais l'impression de m'exercer au ski de fond.

– C'est pas trop ton style, avait conclu Jennifer.

Je m'en doutais un peu. En plus, ce jour-là, je portais un short et une marinière.

J'ai renoncé aux santiags mais j'avais déjà posté ma lettre. Il me restait à espérer que mes parents n'en tiendraient pas compte et m'enverraient un objet plus utile à la place : une bombe antimoustiques ou un cadenas. Depuis quelques jours, les moniteurs nous conseillaient de boucler nos armoires. Un voleur sévissait dans le dortoir des filles. Pour l'instant, son butin se limitait à trois objets : une grenouille en peluche usée jusqu'à la trame, un coussin en forme de cœur brodé au point de croix et un bracelet à breloques en plastique doré.

Le voleur (ou la voleuse) semblait avoir un faible pour les objets affreux, dotés d'une forte valeur sentimentale. La grenouille appartenait à Ségolène ; elle dormait avec depuis l'âge de cinq ans. C'était le moment de laisser traîner mon ciré jaune. Avec un peu de chance, il disparaîtrait avant la fin de la semaine.

Je l'ai sorti du placard et je l'ai posé sur mon lit, bien en évidence, avant de rejoindre Yannick pour la classe Nature et Randonnées. Le thème du jour était « L'huître, un mollusque polyvalent », illustré par une balade d'observation sur le littoral. J'avais proposé au gang des loubardes de s'inscrire. Elles avaient accepté, sauf Cathy qui avait prétexté qu'elle « pouvait pas sacquer les fruits de mer ». Elle leur voue une haine personnelle depuis qu'elle a été intoxiquée par un toast aux crevettes, un soir de réveillon.

L'excursion n'a pas été un grand succès.

Graziella n'a pas cessé de bâiller pendant la visite du parc à huîtres ; il faut reconnaître que c'était rasoir, excepté vers la fin, quand Yannick nous a expliqué comment on fabriquait les perles de culture. On introduit un corps étranger, un grain de sable par exemple, à l'intérieur de la coquille et le mollusque l'enrobe de couches de nacre. Jennifer a aussitôt voulu passer à la pratique : elle a tenté de subtiliser deux huîtres pour se faire des pendants d'oreilles. Elle a renoncé quand l'ostréiculteur lui a précisé que les huîtres bretonnes donnaient rarement des perles. « Les seuls corps étrangers que tu peux introduire dans une fine de claire, lui a-t-il dit, sont un écailleur et une goutte de citron. » Jennifer était écœurée. Sur le chemin du retour, elle s'est vengée en flirtant avec Sam, sa conquête du moment. Sam a triplé sa troisième ; il a un rat tatoué sur la main droite et il joue de la batterie dans un groupe de rap amateur : Les Déchets Radioactifs.

Finalement, c'est Graziella la plus sympa. Quand Yannick a proposé de faire un détour par les criques pour observer la faune, personne n'était très enthousiaste ; il restait encore six kilomètres avant d'atteindre Larvor-Enlock. Mais Graziella a tout de suite pris les choses en main.

– Alors, bande de nazes, vous êtes déjà crevés ? a-t-elle lancé.

Elle s'est placée en tête de file et elle a regonflé le moral du groupe en entonnant à pleins poumons une version rock de la chanson des sept nains dans *Blanche-Neige* :

– Ye-oh ! Ye-oh ! On rentre du boulot !

En principe, personne n'accepterait de répéter un truc aussi débile mais Graziella a une très belle voix et, contrairement à ce qu'on croyait, elle chante juste. Bref, deux secondes plus tard, tout le monde reprenait en chœur, sauf Sam et Jennifer qui s'embrassaient à l'arrière. Même Yannick n'en revenait pas. Quand il a demandé à Graziella où elle avait appris à chanter, elle a répondu :

– Ma mère m'emmenait à l'église, le dimanche. Je m'ennuyais comme un rat mort alors je chantais pour passer le temps.

J'avais beaucoup de mal à imaginer Graziella dans une église. Est-ce qu'elle allait à la messe avec son perfecto, ses santiags et ses chaussettes à têtes de mort ?

– Pas vraiment, a-t-elle soupiré. Je portais une robe grise et j'avais un ruban écossais dans les cheveux. C'était une autre époque.

La vie de Graziella me semblait complètement originale. Je brûlais de lui poser de nouvelles questions mais la descente vers la crique m'en a empêchée. Le sentier était tellement abrupt qu'on l'a dégringolé sur les fesses en se retenant aux branches de genêt qui bordaient la pente. En bas, on n'a pas été déçus. La crique était magnifique, une faille immense creusée dans la falaise avec des blocs rocheux couverts de lichen qui nous entouraient comme une forteresse. Les galets blancs reflétaient la lumière et, au loin, la mer gris-vert se confondait avec le ciel.

Yannick a proposé une pause d'observation. Il nous a demandé de nous mettre en petits groupes et de rapporter quelques spécimens de la flore et de la faune du littoral pour qu'on les étudie ensemble.

Graziella m'a accompagnée et on s'est glissées parmi les blocs de granit. J'ai repéré des patelles au cône ocre et vert mais il aurait fallu un couteau pour les décoller. Graziella furetait un peu plus bas, dans les flaques que la mer avait formées en se retirant.

– Pascale ! Viens voir !

Je suis descendue en vitesse. Graziella contemplait une fissure immergée entre les rochers. Je me suis penchée et j'ai aperçu l'étoile de mer accrochée au fond. Elle était d'un beau rouge orangé, bordée d'ambulacres blanches.

– On la ramène ?

– Autant la laisser tranquille. Elle est bien là.

Graziella s'est calée au creux d'une pierre et a soupiré :

– Tu vois, c'est exactement le genre de vie que j'aimerais mener. Rester peinarde au fond de l'eau et attendre que ça se passe.

Je me suis assise à côté d'elle.

– Alors, tu es contente d'être venue ? ai-je demandé.

– Bien sûr. C'est mieux que de rester seule, non ?

Sa réponse m'a surprise. Graziella n'était presque jamais seule.

– Mais tu t'es fait plein de copains, ici ! Et Cathy ? Et Jennifer ?

– Tu parles, Charles. Tu crois qu'on s'écrira après les vacances ? J'aimerais mille fois mieux être à ta place.

L'idée que quelqu'un m'envie ne m'avait jamais effleurée. J'ai regardé Graziella, persuadée qu'elle plaisantait. Non, apparemment, elle était sérieuse.

– Tes parents ont l'air de t'adorer, a-t-elle poursuivi. Tous ces coups de fil que tu reçois...

– Tu exagères, on ne m'a appelée qu'une fois !

– Tu as ton frère aussi. Vous vous entendez drôlement bien.

C'est vrai. J'oubliais qu'Anne-Sophie avait lu ma rédaction à l'étude. Mais pouvais-je expliquer qui était réellement Stéphane ? Ce vagabond à qui je ne savais plus écrire, en qui j'avais presque cessé de croire...

– C'est un peu compliqué, ai-je dit en me levant. Tu viens ? Les autres doivent nous attendre.

On a regagné le point de ralliement. Yannick examinait les spécimens de faune et de flore sauvages recueillis par le groupe : une brassée de varech, un os de seiche, une bonne vingtaine de coquillages, une planche en polystyrène et deux canettes de bière dénichées par

Sam et Jennifer. Yannick a enveloppé la planche et les canettes dans un plastique et les a fourrées dans son sac à dos.

– Bon, a-t-il soupiré. Pour ceux que ça intéresse, le thème de la prochaine balade sera « Respect et sauvegarde du littoral ». Allez, en route !

Nous avons récupéré nos sacs et regagné le sentier des douaniers. Trois heures de marche sous un soleil chauffé à blanc. L'enfer.

Quand nous avons atteint Larvor-Enlock, nous étions écarlates, les jambes couvertes de poussière. J'aurais préféré faire un détour pour éviter de me montrer aux habitants mais, comble de malchance, nous étions dimanche, le jour du marché : les deux tiers de la population locale étaient rassemblés sur la place du Calvaire, sans oublier les touristes qui sirotaient leurs Coca glacés, courageusement vautrés aux terrasses des bars. À croire que la ville entière s'était donné le mot pour assister à notre arrivée triomphale. On a franchi les derniers mètres à une allure de limace et Yannick a enfin prononcé les mots que tout le monde rêvait d'entendre :

– On fait une petite pause, le temps de reprendre des forces ?

Les réactions d'enthousiasme ont été immédiates : le gros de la troupe s'est affalé sur le trottoir avec la ferme intention de rester là et d'y mourir. Graziella a retiré son perfecto, signe qu'elle était vraiment au bout du rouleau, et Sam a jeté son chewing-gum pour recommencer à embrasser Jennifer – le genre de spectacle qui devient vite lassant quand on n'est pas concernée.

J'ai décidé d'utiliser mes dernières forces pour trouver de l'eau fraîche. J'avais aperçu une fontaine au milieu de la place. Je me suis faufilée parmi les étals des marchands, étourdie par la foule et par l'odeur des fruits entassés au soleil.

– Oups, pardon !

Le bras qui me retenait était piqueté de taches de son, sa peau douce et froissée comme du papier de soie. J'ai relevé la tête et croisé le regard gris-bleu de Valentine.

– Pascale ! Vous avez l'air de quelqu'un qui vient de traverser le désert d'Éthiopie sans une goutte d'eau.

Elle me considérait d'un air affligé, des lunettes de soleil à monture rose vif plantées dans son chignon.

– Oh, bonjour Valentine ! Je crois que je ne me sens pas très bien.

– Ça n'a rien d'étonnant, vous êtes complètement déshydratée !

Elle m'a pris la main avec fermeté.

– Suivez-moi ! Je ne vais pas vous laisser tomber en poussière sous mes yeux.

En m'approchant de la fontaine, j'ai senti des milliers de petites aiguilles frémir sur ma peau. Je m'y serais bien plongée tout habillée mais la place était déjà prise par quelqu'un que je connaissais. Félix, vêtu d'un short à carreaux et d'une chemisette blanche, pataugeait maladroitement dans le bassin, éclaboussant tout ce qui se trouvait à sa portée. Dès qu'il m'a aperçue, il m'a aspergée à grandes brassées.

– Ppascale ! Viens nager !

En moins de cinq secondes, je me suis retrouvée trempée. C'était presque aussi bon que mon premier bain en mer, sur la plage déserte où je les avais rencontrés. J'ai éclaté de rire, dégoulinante, et j'ai enjambé le rebord de la fontaine pour me mettre la tête sous le jet. Près de moi, Félix tentait de provoquer un mini raz-de-marée en sautant comme une grenouille. Rien qu'à voir la mine des passants, j'imaginais très bien ce qu'ils se racontaient : « T'as vu les deux attardés mentaux qui clapotent dans la fontaine ? »

J'ai cherché Valentine du regard. Elle se tenait à deux pas, souriante dans sa robe fleurie, et désignait quelque chose derrière moi. Je me suis retournée et mes yeux ont croisé ceux d'un garçon accoudé à la margelle du bassin. Il avait des cheveux blonds en bataille et nous observait, Félix et moi, d'un air amusé.

– Vous semblez en meilleure forme ! a remarqué Valentine pendant que j'écartais tant bien que mal les mèches humides qui me barraient le visage. Rien de tel qu'une bonne douche froide pour vous fouetter le sang ! Au fait, je n'ai pas eu le temps de vous le présenter mais voici Clément, mon petit-neveu.

– C'est Cclé-ment, mon ccousin ! a crié Félix en m'aspergeant de plus belle.

Je l'ai regardé, incapable de dire quoi que ce soit. Quand Valentine m'avait parlé de son petit-neveu, j'avais vaguement imaginé une créature malingre aux dents écartées et aux genoux maculés de mercurochrome ; bref, le genre de garçon qui vous incite à tricoter un pull en mohair pastel en plein mois d'août.

Mais Clément n'avait rien à voir avec mon portrait-robot. Il était grand et mince, avec des yeux de chat brun clair, presque dorés, et il portait un tee-shirt avec l'inscription « JE VIS POUR LES VACANCES ».

Voyant que je restais pétrifiée de timidité, Valentine a poursuivi :

– C'est Pascale, la jeune fille que nous avons rencontrée sur la plage.

Je me suis extirpée du bassin en essayant de ne pas déraper sur la mousse qui en tapissait le fond et j'ai tendu une main ruisselante vers Clément. Je me faisais l'effet de sortir tout droit de *La Chose du marais*, ce film où l'on voit un monstre plein de tentacules surgir de la vase.

Clément m'a serré la main et m'a examinée des pieds à la tête.

– Salut, Pascale. Félix et Valentine m'ont beaucoup parlé de toi depuis mon arrivée.

– Ah bon ?

Gênée, j'ai essoré les pans de mon short, me demandant ce qu'ils avaient bien pu dire à mon sujet.

– Tu es exactement comme j'imaginais.

– Ah bon ? ai-je répété, accablée.

Je me suis sentie rougir jusqu'aux oreilles. Avec les coups de soleil que j'avais déjà, le résultat devait être terrifiant.

– Tt'es tout chaude, Ppas-cale ! a remarqué Félix, histoire de me mettre à l'aise.

– Ce n'est pas ma couleur normale, ai-je expliqué en me pressant les joues. C'est parce que j'ai marché trois heures sous le soleil et...

Les mots se sont bloqués dans ma gorge. Pardessus l'épaule de Clément, je venais d'apercevoir Antoine, un des garçons du groupe Nature et Randonnées, qui me regardait fixement.

– Pascale a été tellement gentille, a repris Valentine. Elle a joué à Robinson avec Félix.

– Ppas-ccale, elle a fait une île pour Bbinson ! s'est écrié Félix en me plaquant un gros baiser humide sur la joue.

J'étais morte de honte. Pas à cause de Félix mais parce que je sentais le regard d'Antoine posé sur moi. Il sortait avec Marie-France, une des Schtroumpfettes, et je savais qu'il lui répéterait sûrement ce qu'il venait de voir. J'ai repensé à ce qu'elles avaient dit, le soir où elles avaient lu le portrait de Stéphane : « Tu es sûre qu'il est normal, ton frère ? » J'ai jeté un nouveau coup d'œil vers Antoine ; il avait disparu dans la foule.

– Quelque chose vous tracasse ? a demandé Valentine.

– Euh, oui. Je dois partir. On m'attend pour rentrer à la colo.

– Vous viendrez quand même nous rendre visite, j'espère ?

– On se baignera, a précisé Clément. Il paraît que tu nages très bien.

– Ah b... ?

Je me suis retenue juste à temps. Encore un seul « Ah bon » et ce garçon croirait que j'avais une bande enregistrée à la place du cerveau.

– Faut vraiment que j'y aille, ai-je bredouillé. Je passerai mercredi après-midi.

– O.K. À mercredi, alors !

– À mer-credi, a lancé Félix en écho.

Les autres m'attendaient à l'entrée du marché, prêts à partir.

– Qu'est-ce qui t'est arrivé ? T'as traversé une averse ?

– Tiens, y a une piscine dans le coin ?

– Oh, ça va ! J'ai juste bu une gorgée ou deux.

Je suis passée devant Antoine sans un regard mais, pendant que je récupérais mon sac, il m'a glissé à l'oreille :

– Tu le connais ?

– Qui ça ?

– Le gogol qui était avec toi dans la fontaine.

J'aurais dû l'ignorer ou lui lancer un truc désinvolte, du genre « Et alors ? Ça te dérange ? ». Mais je me suis tournée lentement vers lui et quelqu'un qui n'était pas moi, quelqu'un qui voulait à tout prix paraître banal et sans histoire, a répondu :

– Non, pourquoi ?

Je ne me suis jamais sentie aussi nulle qu'à ce moment-là.

Larvor-Enlock, le 11 août

Cher Stéphane,

J'avais décidé de ne plus t'écrire et me revoilà devant ma feuille. Tant pis si tu ne me réponds pas, j'ai besoin de te parler.

Jusqu'à hier, je croyais être quelqu'un de valable, digne de confiance. Je me trompais. Une nulle, voilà ce que je suis. Une pauvre fille incapable de défendre ses amis par crainte du regard des autres.

Je me souviens de ce que disait Virgile Prunel, le premier jour, en fouettant le bureau avec son chiffon plein de craie : «N'ayez pas peur d'être vous-mêmes !» Lui, au moins, se moque qu'on le prenne pour un intello cinglé, bourré de tics nerveux. Graziella aussi se fiche des critiques. Quand je lui ai demandé si ça ne la gênait pas de se trimballer avec une étiquette de brute épaisse à moitié demeurée, elle a rigolé : «Laisse causer, les vaches broutent, le T.G.V. passe.»

Elle devait faire allusion à la fugue de Cathy Lesecq. Quand on est rentrés de cette maudite excursion, hier soir, les monos ont organisé une réunion d'urgence. J'ai pensé qu'ils voulaient nous parler des vols dans le dortoir des filles mais, cette fois, c'était Cathy qui avait disparu. Elle avait inscrit un message au marqueur dans les toilettes :

More au monos et more au vaches
Tchao

Ça ne m'a pas vraiment étonnée : Cathy détestait la campagne presque autant que les fruits de mer.

Le directeur a tout de suite appelé la police. Même ceinture verte de judo, une fille d'un mètre cinquante n'est jamais à l'abri.

Puis, à vingt-trois heures trente, l'oncle de Cathy a téléphoné à la colo pour prévenir que sa nièce était chez lui, à Béton-les-Fougères. Il a engueulé le directeur en lui disant que c'était une honte d'autoriser une fille sans défense à voyager seule en train. Cathy avait pris le T.G.V. en fraude, barricadée dans les W.-C. Le directeur a demandé si Cathy comptait revenir à Sainte-Guénolée. La réponse a été très claire : «V'remettrai vamais les pieds dans fette colo pourrie ! vamais !» a hurlé Cathy dans le combiné. Il paraît que le directeur était drôlement soulagé.

Yannick était là pendant la scène, c'est lui qui me l'a racontée.

Je n'ai pas une admiration débordante pour Cathy mais il faut reconnaître une chose : elle a le courage de ses opinions. Je ne peux pas en dire autant.

Pascale, la reine des nulles.

P.-S.: Cette lettre est nulle. Je me demande si ça vaut la peine de te l'envoyer.

6

LA 2 CV VERTE SOUS LE PRUNIER

Finalement, je n'ai pas envoyé ma lettre à Stéphane. Je l'ai déchirée et j'ai fourré les morceaux dans la poche de mon ciré. J'avais perdu tout espoir de me débarrasser de ce fichu vêtement, désormais. Je l'avais laissé traîner à l'entrée de la cantine et même dans les douches du dortoir, me disant que le voleur finirait bien par craquer. Peine perdue. Malgré son goût prononcé pour les trucs hideux, il n'avait pas jugé bon de l'emporter. Par contre, j'avais eu droit à un avertissement de Lame-de-Rasoir.

– Dorel, c'est à toi l'imper jaune dans les douches ?

Comme si elle ne le savait pas.

– Ah, il est là ? Je le cherche depuis des heures.

– Range tes affaires si tu ne veux pas qu'on te les vole. Compris ?

Compris. Ce ciré me collerait à la peau comme une marque du destin. « C'est elle, la fille en jaune vif, celle qui a trahi ses nouveaux amis. » Peut-être n'avais-je que ce que je méritais, après tout. Autant assumer. Je l'ai enfilé pour me rendre au rendez-vous de Valentine. Ça tombait bien, il faisait moche. Le soleil avait disparu depuis la veille, étouffé par d'énormes nuages filandreux, et le ciel avait pris une teinte bizarre, comme si on avait dilué de l'encre dans du lait.

Je suis passée devant le box de Suzanne. Elle était assise sur son lit, un stylo dans la bouche, son papier à lettres rose pâle étalé en éventail autour d'elle.

– Tiens, tu sors ?

– Gagné ! Tu veux que je t'épelle le mot « perspicace » ?

– Pas la peine. J'arrive plus à écrire. C'est la panne d'inspiration.

– Tu as raconté la fugue de Cathy ?

– Trois pages détaillées dans ma dernière lettre.

– Je ne sais pas, moi. Parle du temps. Il paraît qu'il va pleuvoir aujourd'hui.

Suzanne m'a lancé son plus beau regard de chien battu.

– J'ai déjà parlé de la pluie dans cinq lettres. Ma mère va croire que je recopie le même brouillon.

Elle est super-gentille, Suzanne, mais parfois c'est fou ce qu'elle m'agace.

– Pourquoi tu ne te balades pas ? Tu devrais te distraire, voir des gens…

– On dirait que j'arrive au bon moment ! a fait une voix dans mon dos.

Agnès. Elle avait profité du mauvais temps

pour remettre son pull avec des chamois et des sapins brodés. Il y a ceux qui aiment la mer, et ceux qui préfèrent la montagne. Agnès ne ratait pas une occasion de nous le rappeler. Elle a sorti sa boule neigeuse de sa poche et l'a agitée rêveusement.

– Oh, génial ! s'est écriée Suzanne, des flocons plein les pupilles. Tu me la passes ?

– Vous devriez arrêter de tripoter ce machin. Ça va nous porter la poisse.

– Trop tard, a soupiré Agnès. Tu as vu le temps ?

– Non, ai-je répondu. D'ailleurs, c'est pour ça que je sors.

J'ai dévalé les escaliers. Elles allaient finir par me saper le moral, ces deux-là. Il était déjà assez bas ces temps-ci ; inutile d'en rajouter. J'ai poussé la porte du bâtiment B et je me suis retrouvée nez à nez avec Graziella, en jean et perfecto noirs, chaussée de palmes en caoutchouc.

– Tiens, toi aussi, tu préfères la mer ? ai-je remarqué.

Graziella a levé la jambe droite pour mimer un battement de brasse.

– « Victime de la mode, tel est son nom de code », a-t-elle fredonné.

J'ai éclaté de rire. Graziella et moi, on est

aussi différentes que possible mais je m'entends de mieux en mieux avec elle. C'est une chic fille. Il suffit de savoir la prendre, comme dit Yannick.

– J'ai failli ne pas te reconnaître sans tes santiags.

– Pas de panique, Monique. Je les ai garées au vestiaire. On prépare un spectacle de chansons pour la veille de l'Assomption.

– Avec des palmes ? Qu'est-ce que tu chantes ?

– *L'Amour à la plage*. Et peut-être une chanson de Bashung aussi. Les palmes, c'est parce que j'improvise un numéro de claquettes entre chaque couplet.

Graziella m'a offert une démonstration. Ce n'était peut-être pas aussi gracieux que Fred Astaire mais elle se débrouillait drôlement bien. Je ne crois pas que j'aurais réussi à en faire autant, même sans les palmes. Elle s'est réceptionnée sur un pied, brandissant un haut-de-forme imaginaire. Je n'ai pas pu m'empêcher d'applaudir.

– C'est génial, Graziella ! Où as-tu appris ça ?

– Oh, ça remonte à loin. Ma mère m'avait inscrite à un cours de danse quand j'avais huit ans.

Ses yeux se sont assombris. Elle était sur le point d'ajouter quelque chose mais elle a hoché la tête et Graziella-la-loubarde a repris le dessus.

– Dis donc, pourquoi tu viens pas avec nous ? On pourrait se faire un duo d'enfer.

– Je ne peux pas. On m'attend à l'extérieur.
– Dommage. On se serait bien marrées.
Graziella m'a accompagnée jusqu'au portail en faisant couiner ses palmes sur le gravier.
– Hé, Pascale !
Je me suis retournée. Elle se faufilait le long du mur, le col de son perfecto relevé jusqu'aux oreilles.
– Oublie pas de planquer ton ciré si tu veux prendre le T.G.V. incognito !
Je me suis contentée de sourire en agitant la main.
– Salut, Graziella ! À ce soir...

Graziella avait tort de s'inquiéter. Je n'aurais jamais le courage de fuguer. Et même en admettant que je l'aie, je ne me serais sûrement pas enfuie aujourd'hui, avec l'orage qui menaçait de craquer au-dessus de ma tête et les rafales glacées qui me coupaient le souffle.
On se serait cru un soir de décembre. Arcboutée contre le vent, je piétinais dans le sable à une vitesse qui devait frôler le kilomètre à l'heure.
À l'autre bout de la plage, la maison de Valentine m'apparaissait aussi fragile qu'un mirage avec ses volets rouges et la lumière dorée qui filtrait de ses fenêtres.
J'ai rassemblé mes dernières forces pour tendre le bras vers la sonnette et...

– Aaaarrgh !

– Pascale ! Je vous ai fait peur ? Si c'est à cause de ma tenue, rassurez-vous. J'avais l'intention de me changer.

Sans doute persuadée que j'allais m'enfuir, Valentine s'est dépêchée de retirer sa blouse maculée de peinture bleue. Dessous, elle portait un jogging maculé de peinture jaune.

– Vous ne m'avez pas fait peur. Mais quand j'ai appuyé sur la sonnette…

– Vous avez reçu une décharge ! Je suis impardonnable ! Je voulais mettre un petit mot pour vous prévenir mais je l'ai égaré. Entrez vite, vous allez mourir de froid !

J'ai suivi Valentine dans le vestibule envahi de plantes vertes où flottait une délicieuse odeur de caramel.

– Ça sent drôlement bon.

– C'est ma tarte aux… Oups ! Un instant !

Valentine a effectué une superbe glissade le long du couloir et s'est rattrapée au chambranle de la porte de la cuisine.

– J'arrive ! a-t-elle lancé. Passez dans le salon !

J'en suis restée bouche bée. Je n'avais encore jamais vu de vieille dame faire un truc pareil. D'ailleurs, je n'avais jamais rencontré de vieille dame comme Valentine. Soudain, j'ai repensé à Graziella et à son numéro de claquettes en palmes. Elles se plairaient sûrement, toutes les deux.

Le salon ressemblait au vestibule, en plus encombré. Il y avait un piano à queue, une armoire peinte en bleu, un canapé couvert de coussins bariolés, une tribu de petits Peaux-Rouges en plastique éparpillés sur le sol et, dressé au milieu de la pièce, un tipi entouré d'une forêt de plantes en pots : bonsaïs, ficus, bégonias et même un faux sapin de Noël couvert de neige synthétique.

Agnès aurait adoré le sapin. Moi, j'adorais le reste. Mes parents étaient des maniaques de l'ordre et j'éprouvai un vrai sentiment de revanche en contemplant ce bazar. Puis j'ai réalisé que Félix et Clément ne s'étaient toujours pas montrés.

Bizarre. Ils étaient sans doute dans le jardin.

Je me suis frayé un chemin jusqu'au tipi et j'ai glissé ma tête par l'ouverture. Un gros chat noir somnolait, couché sur un duvet bleu. Il a ouvert un œil méfiant.

– Salut, minou. Tu en as de beaux yeux, ai-je dit en lui grattouillant la tête.

Il a ronronné comme un moteur diesel.

Je me suis penchée pour lui faire un câlin dans le cou. Soudain, j'ai senti un remue-ménage derrière moi.

– Qui est là ? ai-je demandé.

J'ai poussé un hurlement quand le poids s'est abattu sur mon dos. J'ai basculé en avant, entraînant le tipi dans ma chute. Le chat m'a griffé la joue avec un miaulement de terreur avant de filer entre mes jambes. Paniquée, j'ai pagayé dans l'obscurité, essayant de relever la tente tandis que mon agresseur roulait sur le côté, pris d'un fou rire.

– Félix ! Espèce d'idiot !

Furieuse, je me suis traînée à quatre pattes pour me dégager de la toile, renversant au passage une rangée de pots de fleurs. Enfin, j'ai retrouvé la lumière du jour.

– Oh, salut ! ai-je dit.

Clément me regardait, figé sur le seuil.

– Salut. Tu es là depuis longtemps ?

Une fois de plus, je me suis sentie devenir rouge feu. Je me suis relevée en essayant de prendre un air dégagé, malgré ma joue balafrée.

– Je viens d'arriver. Félix me faisait visiter son tipi.

– Tipiiii ! a crié Félix.

Toujours entortillé dans sa tente, il a rampé sur ses coudes, traînant derrière lui des mètres de tissu et un nombre impressionnant de moutons de poussière.

– Hugh ! Ggrand chef Ffélix ! Je tt'ai fait un ppiège, Ppas-cale ! a-t-il expliqué.

Il s'est renversé sur le dos, a cligné des yeux et a éclaté de rire.

– Tt'ai fait ppeur, hein ?

J'ai soupiré. Comment lui en vouloir ?

– C'est pas grave, Félix. J'adore les surprises.

– Ne t'inquiète pas. Moi aussi, j'ai eu droit au coup du tipi, a dit Clément.

– Excusez-moi, j'ai été un peu longue ! a

lancé Valentine qui venait de faire son apparition, vêtue, cette fois, d'un jogging blanc immaculé. Vous vous amusez bien ?

– Félix a trouvé un nouveau jeu, a répondu Clément. Il se prend pour un aspirateur.

– Non ! Tti-pi ind-dien !

Valentine a observé Félix, qui se tortillait de plus belle dans son tipi.

– Mon trésor, tu es absolument obligé de te rouler dans la poussière ?

Félix a lancé une dernière ruade et s'est redressé. À part un short et des chaussettes à rayures, sa tenue se réduisait à des tatouages roses sur son buste et ses cuisses.

– Qu'est-ce qui t'est arrivé ! me suis-je exclamée.

Félix s'est jeté dans mes bras avec une telle force que je serais sûrement tombée à la renverse si Clément ne m'avait pas retenue.

– Ggrand chef ! Ppein-ture de gguerre ! a-t-il murmuré, le visage enfoui dans mon épaule.

Je l'ai serré contre moi. Il semblait si fragile soudain. J'aurais pu être sa sœur aînée.

– Quand je pense que je cherche mon feutre indélébile depuis ce matin, a soupiré Valentine. Désolé, grand chef, mais tu vas devoir prendre un bain.

Félix s'est cramponné à moi. Je ne savais plus quoi faire.

– Hé, c'est pas si grave, ai-je dit. Souviens-toi de la fontaine, la dernière fois, quand on jouait aux grenouilles.

Je n'étais pas spécialement fière de ce qui s'était passé ce jour-là mais ça me paraissait un bon moyen de réconcilier Félix avec l'eau. Il m'a lancé un regard coquin.

– Ttu viens, la-ver avec mmoi ?

– Allons Félix, pas de caprices ! Pascale n'a pas besoin de prendre un bain.

– Elle est déjà propre, a précisé Clément.

Mais Félix ne semblait pas de cet avis. Il a posé sa main sur mon visage et contemplé ses doigts, l'air horrifié.

– Tt'es saignée, Ppas-cale ?

– C'est le chat. Il a eu peur quand je suis tombée.

– Rominet !

Félix s'est dégagé avec brusquerie, cherchant des yeux le coupable. Enfoui dans le canapé, Rominet se léchait la patte à petits coups de langue précis. Il s'est interrompu, conscient d'être le point de mire de tous nos regards.

– RROMINET ! a rugi Félix.

Avant qu'on ait eu le temps de l'en empêcher, il s'est jeté sur le canapé. Il y a eu un affreux bruit de ressorts, un vol plané de coussins, et j'ai aperçu le chat qui filait vers l'armoire comme un éclair de fourrure noire. Il a pris son élan et, d'un bond, s'est réfugié sur la corniche. Puis il a regardé Félix avec une expression blasée avant de reprendre sa toilette.

– Félix ! Descends du canapé ! a ordonné Valentine.

– Mmé-chant ! Ppunir Rominet !

Félix a empoigné un coussin et l'a projeté contre l'armoire avec une telle violence que le meuble a vibré sous le choc. Le chat s'est tapi sur la corniche, guettant le prochain assaut.

– On ne peut rien faire ? ai-je murmuré, atterrée.

– Pas quand il est fou de rage. Il est capable de tout casser.

Soudain, j'ai eu une idée. Un peu absurde mais qui pouvait marcher. Je me suis avancée doucement et j'ai ôté mon ciré. Félix m'a regardée.

– Tu le veux ? Je te le donne, si tu viens prendre ton bain. Après, on ira jouer.

Félix a tendu la main.

– Ttu me ddonnes ? a-t-il répété.

Dire que c'était si simple.

Pendant que Valentine baignait Félix, Clément m'a proposé de me montrer la 2 CV qu'il réparait. Je l'ai suivi dans le garage et j'ai ouvert des yeux ronds.

– Mince ! Qu'est-ce que c'est ? ai-je demandé en désignant l'objet posé sur l'établi, une sorte de labyrinthe en ferraille qui me rappelait les premières sculptures de mon père.

– Un moteur, a répondu Clément, comme si c'était parfaitement évident.

– Tu veux dire… un *vrai* ?

Il a éclaté de rire devant ma mine ahurie.

– Bien sûr. Tu t'attendais à quoi ?

– Je pensais que tu parlais d'un modèle réduit, une maquette téléguidée, ai-je bredouillé, honteuse.

Je me suis penchée sur le moteur, plissant les yeux d'un air professionnel.

– Comment s'appelle ce truc ? ai-je demandé, pointant mon doigt au hasard.

– Une pompe à huile. Tu vois, l'huile part du carter, elle forme un réservoir sous le vilebrequin puis elle est aspirée dans la pompe à travers un filtre. Tu sais qu'une pompe peut brasser des dizaines de litres d'huile à la minute ?

– Drôlement ingénieux comme système. Tu veux devenir mécanicien, plus tard ?

Clément a contemplé ses mains.

– Non. Chirurgien du cerveau. Ou dentiste. J'hésite encore... Tu viens dans le jardin ? Je vais te montrer le reste de la 2 CV.

La voiture gisait sous un prunier, ronde et rouillée, semblable à un gros fruit en train de pourrir.

– Elle a besoin d'un coup de peinture, non ?

– Il y a encore du travail sur la carrosserie, a reconnu Clément. La portière droite n'est pas d'origine. Je l'ai trouvée dans une décharge.

J'ai contourné la 2 CV. La portière droite était rose pâle et couverte d'autocollants « Non au nucléaire ! ».

– Elle me rappelle la 405 de mon père. Tu l'aimerais sûrement. C'est un vrai tas de boue. Elle s'appelle Rosalie et elle souffle comme un bœuf dans les côtes.

– Celle-là s'appelle Kröte. Ça veut dire « crapaud » en allemand. Tu veux voir l'intérieur ?

Il m'a ouvert la portière, côté passager. Je me suis assise sur un vieux journal plié en quatre en guise de coussin. À travers un trou dans le plancher, on apercevait l'herbe et les prunes qui jonchaient le sol. Clément s'est installé au volant.

– Je t'emmène en voyage ! Où tu veux aller ?

J'ai hésité.

– Tu crois qu'on peut aller jusqu'à la Réunion ? C'est une île, dans l'océan Indien...

– Pas de problème !

Je l'ai regardé mettre le contact et tirer une tige sous le tableau de bord. Il avait des gestes précis et de belles mains, avec des doigts fins aux extrémités carrées. Des mains de chirurgien, ai-je pensé.

Clément s'est tourné vers moi et m'a souri.

– Tu connais des gens à la Réunion ?

– Mon frère, Stéphane.

Le ciel était presque noir, à présent. L'orage ne tarderait plus à craquer.

Je me suis recroquevillée sur le siège. J'avais froid sans mon ciré.

– Tu ne dois pas le voir souvent.

– Non, mais il m'écrit. Et il m'envoie des

photos. Il habite à Saint-Denis, dans une maison blanche avec des colonnes. Il y a une fontaine dans le jardin, et des palmiers.

J'avais vu cette maison dans un guide de voyage et je m'étais dit qu'il pourrait vivre ici, entouré d'arbres et d'oiseaux exotiques. Il s'installerait sur le balcon pour m'écrire. Il serait blond, comme maman, et plein de douceur. J'avais tellement besoin d'y croire.

Soudain, tout est devenu flou : le balcon, le visage de Stéphane. La pluie s'était abattue d'un coup ; elle s'étalait sur le pare-brise en longs ruisseaux brillants.

Je n'avais plus la force de mentir, de supporter ce fantôme qui pesait sur mes épaules.

– Hé, pourquoi tu trembles comme ça ?

Clément me regardait. Il était là, près de moi, et j'avais confiance en lui.

– Tu sais, ai-je murmuré, je m'en fiche de la Réunion. Je n'ai pas de frère. Stéphane n'a jamais existé... C'est un rêve, un nom que j'ai inventé pour ne plus être seule. Je n'avais pas d'amis avant de venir ici, personne...

Clément n'a rien dit. Il n'y avait rien à dire.

– Tu me trouves ridicule ?

Un éclair bleu-vert a traversé le ciel, au bout du jardin. La pluie redoublait de violence, martelant la tôle de la 2 CV avec un bruit de mitrailleuse.

Clément a ouvert la portière et m'a pris la main.

– Allez, viens ! Faut pas rester sous l'orage.

On a couru comme des fous vers la maison. La pluie traversait mes vêtements mais je la sentais à peine. Je serrais la main de Clément, sa chaleur.

– Rien de grave. Ce sont les plombs qui ont sauté, a précisé Valentine.

Elle est retournée s'asseoir avec nous devant la cheminée. Emmitouflée dans le duvet de Félix, j'observais les flammes jaunes qui caressaient le bois, les paillettes incandescentes qui éclataient comme de petites fusées. La maison était plongée dans l'obscurité et nous nous étions réfugiés autour du feu. Clément se tenait près de moi. Quand il se penchait, je sentais l'odeur de ses cheveux. Une odeur d'herbe et de terre qui me rappelait l'automne.

– Au fond, rien ne vaut un bon feu de cheminée en plein mois d'août, a repris Valentine. Vous souriez, Pascale ?

– Oui, je pensais aux remarques de mon père sur le climat breton.

– Je suis sûre qu'il était très en dessous de la vérité. Vous reprenez un peu de tarte aux prunes ? Elle est encore tiède.

– Euh…

J'ai baissé les yeux vers mon assiette, ornée d'une impressionnante collection de noyaux. J'avais réussi à finir ma part sans me casser une dent, ce qui relevait presque du miracle.

– Elle est vraiment délicieuse mais…
– Consistante, a complété Clément.
– Mmoi, je veux bien d'autre ! a lancé Félix, la bouche encore pleine. Si ttu m'en-lèves ccailloux, de-ddans.
Il a recraché trois noyaux dans sa paume et les a agités comme des osselets.
– Dois-je prendre cela comme une critique ? a soupiré Valentine.
Clément m'a donné un coup de coude discret.
– Tu sais, tante Val, il y a une pâtisserie dans le centre, juste en face de l'église…
– Aux Délices du Calvaire ? Oui, je vois.
– Ils font des tartes aux prunes géniales, et sans noyaux.
– Tu n'es pas obligé d'en rajouter, Clément.
Valentine fronçait les sourcils mais je voyais bien qu'elle se retenait de rire. Ses yeux brillaient, reflétant la danse dorée des flammes.
– On dirait que la pluie est moins forte, a remarqué Clément.
– De toute façon, il faut que je parte.
– Non ! Ppas déjjà ! a protesté Félix.
– Pas d'histoires, mon trésor. Pascale doit rentrer. D'ailleurs, tu vas lui rendre son manteau.
– Oh non ! Félix peut le garder. Ça me fait plaisir, vraiment !
– C'est hors de question. Vous allez geler !
– Prêtez-moi le duvet à la place. Ça ira très bien.

Le duvet, le tipi, une vieille bâche... N'importe quoi, SAUF le ciré !

Puis je me suis souvenue de ma dernière lettre à Stéphane, celle que j'avais déchirée et laissée dans ma poche.

– Je crois que j'ai oublié quelque chose. Félix, tu veux bien regarder dans ma poche droite ?

– C'est qquoi ?

Il a repêché les bouts de papier. J'ai lancé un bref regard à Clément.

– Un brouillon. Tu n'as qu'à le jeter au feu.

Les papiers ont noirci et se sont recroquevillés comme des pétales fanés.

J'aurais fait brûler ce feu la nuit entière avec les dizaines de lettres que j'avais écrites. Il nous aurait réchauffés, libérés des mensonges.

– Tiens, prends mon pull pour rentrer, a proposé Clément.

J'ai enfilé le pull. Il m'allait parfaitement. Il était écru, avec de grosses mailles, et il sentait l'odeur de Clément. L'automne.

– Ppour-quoi, ttu souris ? m'a demandé Félix.

– Parce que je ne crois plus aux fantômes.

Le hall de Sainte-Guénolée ne m'avait jamais paru aussi lugubre avec ses murs gris pâle et son lino usé. Pourtant, je me sentais heureuse, protégée par la chaleur de Clément.

Yannick était de permanence à l'accueil. Il m'a ouvert la porte.

– Quel joli sourire ! Tu as l'air en forme, ce soir.

– Il paraît que c'est mon jour de chance.

– Exact. Regarde ce que le facteur t'a apporté.

J'ai attrapé le colis qu'il me tendait. C'était un envoi de mes parents. Je l'ai secoué près de mon oreille, découragée. Qu'est-ce que j'allais faire d'une paire de santiags taille trente-six, à présent ?

– Tiens, inutile de prolonger le suspense, a dit Yannick en me donnant des ciseaux.

J'ai ouvert le paquet. Contrairement à ce que je pensais, il ne s'agissait pas d'une paire de santiags. C'était encore pire.

Angers, le 12 août

Chère petite Cerise,

Nous avons reçu ta lettre hier et nous l'avons lue avec plaisir. Nous sommes ravis d'apprendre que tu t'es fait des amies !

Le gang des loubs a l'air très sympathique. Briser des règles à mains nues et marcher en santiags semblent de saines activités pour un mois d'août en bord de mer et, tu le sais, nous sommes favorables à l'effort physique sous ses multiples formes.

Nous nous sommes donc rendus au Décathlon le plus proche mais nous n'y avons pas trouvé de santiags. Le vendeur nous a expliqué que le magasin ne vendait pas ce modèle, sa résistance à l'eau de mer étant limitée.

À la place, il nous a conseillé de prendre une paire de bottes Aigle, plus confortables et totalement étanches en cas d'immersion. Celles que nous t'avons achetées sont en caoutchouc extra-strong, quasiment indestructible, et doublées de feutrine pour que tu aies bien chaud. (Nous suivons le bulletin météo et le mois d'août semble assez frisquet en Bretagne.) Nous avons hésité pour le choix de la couleur. Le jaune était assorti à ton ciré mais tu t'en serais peut-être lassée, à la longue. Le bleu marine semblait plus raisonnable : c'est une teinte neutre, facile à assortir. Si les loubs n'aiment pas leur aspect, tu peux éventuellement les taguer en fluo ; elles se lavent sans problème.

En ce qui concerne le second point de ta lettre, nous sommes un peu déçus.

Tu dis qu'il faut connaître au moins vingt gros mots pour être admise dans la bande. Vingt est un nombre ridiculement bas pour des filles de votre âge. Beaucoup d'élèves de cinquième en connaissent deux, voire trois fois plus.

Du reste, le dictionnaire d'argot coincé en haut de la bibliothèque ne te serait d'aucune aide. Il date de 1968 et le vocabulaire serait incompréhensible pour des jeunes d'aujourd'hui.

Le langage évolue avec la société, il faut l'inventer chaque jour.

Voilà pourquoi nous te suggérons de créer toi-même quelques expressions imagées pour pimenter les discussions avec tes amies.

Exemple d'insultes : courge molle, mou-du-cervelet, grosse limace, gros furoncle, etc.

Tu peux en fabriquer d'autres en prenant n'importe quel mot et en y ajoutant «gros» et «mou». Un procédé simple, mais efficace.

Si tu recherches quelque chose de plus raffiné, tu peux également essayer la déclinaison d'injures. Il suffit de jouer sur les syllabes et d'avoir un peu d'imagination. Exemple :

Tête de têtard et face de rat,
Tarte de molard et farce de gras,
Tas de taulards et fesses de crades,
Taré de tocard et fosse de crânes…

Tu vois, on ne s'en lasse pas !

Nous espérons que cela facilitera ton insertion à Sainte-Guénolée.

Peut-être aurons-nous bientôt le plaisir de rencontrer tes amies ? Nous avons l'intention de te rendre visite prochainement car la bonne nouvelle se confirme !

Nous t'embrassons très tendrement, petite puce.

Ton papa et ta maman qui t'aiment.

P.-S. : Gengis s'ennuie un peu sans toi mais la vue du champ de maïs que tu lui as envoyée lui plaît beaucoup. Il a déjà rongé le coin droit.

7

C'EST NORMAL, CETTE COULEUR ?

– Donc, $x+x = 2x$. Tout le monde a compris ?

Silence pesant.

– Pascale, tu as compris ?

– Hun hun, ai-je fait en mâchant mon stylo d'un air captivé.

Stimulé par cette réponse enthousiaste, le prof a poursuivi.

– Donc, soit $2x - 0x + (-4x)$…

Je mourais d'ennui. Depuis une demi-heure, Théophile Reyme s'acharnait à nous expliquer comment additionner et soustraire des lettres, ce qui me semblait complètement débile vu que les chiffres ont été inventés exprès pour ça.

J'avais eu le malheur de lui demander, au début de l'heure, à quoi était égal x et j'avais eu droit à cette explication lumineuse :

– x peut être égal à n'importe quoi. C'est sans importance. x est une inconnue.

– Mais pourquoi x ? Pourquoi pas s, z ou w ?

– C'est une convention mathématique.

Parfait.

J'ai pris une feuille de brouillon et j'ai écrit :

Soit D.C. (Durée du Cours) = 50

Et T.E. (Temps Écoulé) = 30
Si I. (Inconnue) = D.C. – T.E.
Alors 50 – 30 = 20 et I. = 20

Conclusion : il restait encore vingt minutes avant la fin du cours. J'aurais pu avoir la réponse en jetant un coup d'œil à ma montre. Il faut vraiment être tordu pour aimer les maths.

– Pssst, Pascale ! De la part de Graziella.

Sans lever le nez de sa feuille, Sam m'a passé un petit mot. Je l'ai déplié sur mes genoux.

> *J'crois que Benoît veut sortir avec toi.*
> *Y ma demandé ton âge.*
> *Dernière nouvelles : tu connais le couple de l'été ? Le prof de mat' sort avec Lame-de-Rasoir ! Jennifer les a vu main dans la main au rayon igihène du Super-Codec.*
>
> *Graz.*

J'ai relevé les yeux. Le prof s'était approché de la fenêtre sans cesser de parler. Ses boutons luisaient au soleil et, de face, ses oreilles dépassaient de ses cheveux comme deux anses de tasse.

– Ce qui nous fait, au total, $(-2x) + x$, soit…

Le prof s'est interrompu, voyant que je le fixais d'un regard effaré.

– Tu suis, Pascale ?

J'ai hoché lentement la tête tandis qu'une

voix, à l'intérieur de moi, répétait mécaniquement :

Face de furoncle et Lame de rasoir,
Crasse de cure-ongle et graine de cauchemar,
Tronche d'épingle et drame du dortoir...

– Hé ! Benoît, c'est çui-là, m'a soufflé Graziella, la bouche pleine de betteraves. Je lui dis de s'asseoir près de nous ?

J'ai levé le nez de mon assiette. Benoît devait avoir pratiqué l'haltérophilie dès le berceau. Son torse et ses épaules semblaient gonflés à l'hydrogène. Il m'a lancé un regard étincelant, du genre « Je te cherchais partout » et j'ai aussitôt replongé dans mes crudités.

– En plus, il est roux, lui aussi, a souligné Jennifer, comme si c'était un motif suffisant pour tomber amoureux.

– Ah bon ? Ça m'avait échappé.

Les cheveux de Benoît n'étaient pas roux. Ils étaient orange fluo. Nuance.

– Appelle-le, Graz', a insisté Jennifer.

– Non, merci. Il a l'air sympa mais c'est pas du tout mon style.

– Laisse-la, si elle veut pas ! a tranché Graziella en se resservant de pain.

Jennifer a haussé les épaules et s'est retournée vers Sam pour le regarder mâcher avec adoration.

Suzanne passait près de notre table. Je lui ai fait un signe. Elle m'a répondu par un petit sourire malheureux avant de rejoindre Agnès au fond du réfectoire.

– Le club des inconsolables, a raillé Jennifer.

– Tu réagirais comme elles, à leur place, ai-je répliqué.

La vie à Sainte-Guénolée ressemblait de plus en plus à un film policier. À présent, les dortoirs étaient fermés dans la journée ; pourtant, il y avait encore eu deux vols hier. On avait pris la boule neigeuse d'Agnès et la lampe de Suzanne. Dans un sens, ça me soulageait. J'avais peur que ce soit Suzanne la coupable. Pendant qu'Agnès retournait son box, en larmes, elle m'avait lancé un regard gêné et s'était mise à rougir. Malgré moi, j'avais eu un doute, même si je détestais l'idée qu'une fille douce et timide comme Suzanne puisse être une voleuse. Mais, dans la soirée, sa lampe en forme de vierge avait disparu. J'étais sûrement la seule à me sentir soulagée. À présent, chacun devenait suspect aux yeux des autres, ce qui n'était pas mieux.

Graziella s'est emparée du plat de gratin pour me le passer. C'était bien la première fois que je la voyais offrir le plat avant de se servir.

– Au fait, t'as prévu quoi cet aprème ? m'a-t-elle demandé.

– Yannick nous passe un film. Tu veux venir ?

Graziella s'est servi une minuscule portion de gratin et l'a regardée refroidir dans son assiette.

– En principe, on s'occupe des dernières répètes pour le spectacle de ce soir.

– Encore ? a gémi Sam. Je croyais que c'était hier, les dernières.

Sam s'était proposé pour accompagner Graziella à la batterie pendant son show mais la simple idée de répéter semblait l'épuiser.

– On peut peut-être s'en passer. On est au point, non ? a dit Jennifer.

Elle était choriste. Ça consistait à se trémousser au fond de la scène en répétant « Waoum-waoum ». Elle était sûrement au point.

– Bon, O.K. C'est sur quoi, le film ?

– Les mystères de la vie.

Pour l'instant, les mystères de la vie restaient assez obscurs.

On avait baissé les stores de la classe de bio et Yannick vérifiait le fonctionnement du projecteur au fond de la salle.

– J'espère que c'est pas trop prise de tête parce que j'ai eu ma dose, c'matin, avec les maths. J'imprime que dalle à ces histoires de *x*. Et toi ?

– Que dalle, ai-je répondu.

Des chiffres et des petits vermicelles de lumière ont défilé sur l'écran tandis que le projecteur s'emballait avec un bruit de machine à coudre. Puis plus rien.

Le noir total. Ou presque : je voyais la tignasse de Benoît qui brillait comme une enseigne, deux rangs plus loin. Quand il avait appris que je suivais la classe Nature et Randonnées, il s'était inscrit à son tour.

– Hé, Benoît ! Tu peux éteindre tes cheveux ? Ça déclenche des parasites ! a lancé son voisin de table.

Benoît l'a attrapé par le col et le garçon a crié : « Maman ! » Mais ce n'était qu'un jeu, un petit sketch destiné à la classe. Tout le monde a rigolé. Benoît s'est retourné pour me lancer un clin d'œil.

– Il en fait un max pour t'épater, a constaté Graziella.

Misère. Est-ce que j'avais l'air aussi bête quand j'étais avec Clément ?

Heureusement, je n'ai pas eu à répondre à cette question car Yannick a pris la parole.

– Oh ! Un peu de calme ! Le film que vous allez voir s'appelle *Les Premiers Jours de la vie*. Il présente les différentes étapes de la fécondation humaine, depuis l'union du spermatozoïde et de l'ovule…

Il y a eu quelques rires nerveux. J'évitais de regarder devant moi. J'étais sûre que Benoît s'était retourné encore une fois.

– Depuis la fécondation, a poursuivi Yannick, imperturbable, jusqu'à l'accouchement. Et maintenant, silence ! Ça tourne !

L'écran est devenu rouge, avec les mêmes vermicelles brillants qu'au début. Puis on a entendu un halètement de femme, fort et rapide.

Le genre de bruit que je produis quand je grimpe en courant les cinq étages de notre immeuble.

Une seconde voix, plus calme, est venue couvrir le halètement.

« Poussez, poussez, poussez, poussez, poussez… »

Un rond de lumière s'est ouvert au centre de l'écran, comme le bout d'un tunnel.

« Poussez, poussez, poussez… »

Un visage est apparu en gros plan. Le visage d'un bébé fripé et violacé. Plutôt hideux en vérité, mais c'était quand même émouvant de penser qu'on ressemblait à ça au départ, à cette petite grenouille nue et fragile.

Le bébé a poussé un cri strident.

Soudain, j'ai sursauté. Graziella avait agrippé mon bras. Ses mains étaient glacées.

Je me suis tournée vers elle.

– Graziella, c'est normal, cette couleur ?

– Quelle couleur ? a-t-elle murmuré.

– Ben, toi… Tu es verte.

Elle semblait sur le point de s'évanouir. Je ne pouvais pas la laisser s'effondrer devant les autres. Si on apprenait qu'elle s'était évanouie devant un film sur la fécondation, sa réputation de loubarde serait fichue. Elle serait la risée de Sainte-Guénolée.

Je l'ai aidée à se lever et on a gagné la porte à tâtons, bousculant quelques chaises au passage.

– Hé là ! Qu'est-ce qui se passe ? Où est-ce que vous allez ?

Yannick nous a rattrapées sur le seuil.

– Je me sens mal, ai-je chevroté en portant la main à mon front. Je peux sortir un moment ?

Je devais être mauvaise comédienne car le regard de Yannick a aussitôt dérivé vers Graziella. En une seconde, il a compris. Il a souri, très vite, rien que pour nous.

– Vous savez où se trouve l'infirmerie ?

– Pas de problème, a soufflé Graziella. Je connais le chemin.

– Tu viens souvent ici ?

– Des fois. Quand j'ai pas le moral.

Nous étions perchées sur l'escalier de secours, à l'extérieur du bâtiment B. Le coin secret de Graziella, avec vue imprenable sur les dortoirs.

Elle avait retrouvé une teinte à peu près normale, entre le beige et le blanc crayeux, mais, à l'évidence, quelque chose la tracassait.

– C'est le film qui t'a mise dans cet état ? ai-je demandé.

– Non, le gratin de ce midi. J'aurais pas dû en reprendre cinq fois.

Je n'ai pas insisté. Graziella n'avait peut-être pas envie de se confier. Pendant qu'elle s'absorbait dans la contemplation de ses santiags poussiéreuses, je me suis postée près de la rambarde. Il était formellement interdit d'emprunter l'escalier de secours, sauf en cas d'incendie. Mais personne n'avait encore eu l'idée de mettre le feu à Sainte-Guénolée. Nous avions suffisamment d'activités pour nous distraire.

– Pascale...

– Quoi ?

– Merci de m'avoir aidée.

– Je n'allais pas te laisser tourner de l'œil sans réagir. Tu sais, Graziella, si tu as un problème, tu peux m'en parler...

Elle a gratté la pointe de sa santiag d'un air mélancolique. Elle n'avait plus rien d'une loubarde alors ; elle semblait aussi perdue et fragile que Suzanne, la première fois que je l'avais rencontrée.

Nous sommes restées silencieuses pendant quelques instants.

Penchée sur la rambarde, j'observais le box de Ségolène. Sa fenêtre était ouverte ; j'apercevais un coin de son lit et le poster de Claudia Schiffer qu'elle avait scotché au mur. Soudain, j'ai réalisé qu'il suffisait d'enjamber la rambarde et de longer la corniche qui bordait le bâtiment jusqu'au dortoir pour se glisser dans le box. À vol d'oiseau, nous étions à moins de deux mètres de la fenêtre. Évidemment, il ne fallait pas avoir le vertige – ce qui était loin d'être mon cas.

Je me suis retournée vers Graziella.

– Eurêka ! Je sais comment le voleur s'introduit dans le dortoir !

– Ah ouais ? a murmuré Graziella d'une voix éteinte.

Je l'ai regardée, stupéfaite. Elle remuait un objet dans sa paume. Une petite boule de plastique remplie de fausse neige.

– C'est... Tu... Tu n'as pas... ai-je bredouillé.

– Si.

– Mais... Pourquoi ?

– Me demande pas d'explications. C'est trop compliqué.

Elle m'en a donné, pourtant. Elle m'a tout raconté pendant que nous restions là, assises au bord des marches, les jambes dans le vide. Je croyais être la fille la plus seule au monde en venant ici mais j'ai vraiment de la chance, comparée à Graziella. Son père ne voulait pas d'enfants, et surtout pas de fille. Quand elle est née, il est parti en voyage, et on ne l'a plus jamais revu. Sa mère s'est occupée d'elle jusqu'à ses neuf ans, puis elle a fait une dépression nerveuse. Désormais, elle passe sa vie de cliniques en maisons de repos et Graziella est sous la tutelle de sa tante, Constance de Saint-Cyr.

Graziella a sorti un porte-cartes et m'a tendu deux photos.

– Tu vois le genre... a-t-elle soupiré.

La première photo représentait une femme blonde en tailleur rose, hypersophistiquée. Dans ses bras, elle tenait un caniche blanc hirsute qui tirait la langue. Le chien avait l'air beaucoup plus rigolo que sa maîtresse.

– Elle est drôlement chic, ta tante.

– Et encore, c'est rien comparé à Charles-Hubert. Regarde.

J'ai regardé. Charles-Hubert portait une tenue de tennis immaculée et des lunettes à monture d'écaille. La raie qui séparait ses cheveux semblait avoir été tracée à la règle. Le seul détail qui le rendait sympathique était le caniche blanc hirsute qui se roulait à ses pieds, le même que sur la première photo.

– Qui est-ce, celui-là ?

– Mon cousin. Une sorte d'extra-terrestre. Seize de moyenne dans toutes les matières, classé au tennis, premier prix de piano au conservatoire... Ma tante n'arrête pas de me comparer à lui. « Charles-Hubert est tellement doué. Il n'a jamais redoublé, lui. C'est un enfant si équilibré. » Tu peux pas savoir le nombre de fois où j'ai eu envie de lui péter ses lunettes.

Je commençais à mieux comprendre Graziella, ses chaussettes à têtes de mort et les paquets de gâteaux qu'elle dévorait en solitaire. À sa place, j'aurais ficelé Charles-Hubert, j'aurais peint une cible sur sa chemise Lacoste et je m'en serais servie pour m'entraîner aux fléchettes.

Pourtant, un détail m'intriguait.

– Pourquoi gardes-tu leurs photos ?

Graziella a hésité.

– Tu promets de pas te moquer de moi ?

– Promis.

– À cause du chien. Léonard. J'adore ce clebs. Lui, au moins, il est fou de joie quand je rentre à la maison, toujours fourré dans mes jambes… Tu trouves ça nul ?

J'ai pensé à Gengis Khan.

– Non, ai-je dit. Je crois que je comprends ce que tu ressens.

Graziella a haussé les épaules.

– Ça m'étonnerait. Tu as une famille, c'est facile. Moi, j'étais une erreur dès le début… Tu sais à quoi je pense quand je rentre dans un box et que je fauche ?

J'avais du mal à l'expliquer, pourtant, oui, je savais. L'espace d'un instant, j'ai imaginé Graziella, seule dans le dortoir, se glissant dans une chambre pour voler un vieux nounours, un bijou en toc…

– C'est comme si tu prenais un peu d'amour à chaque fois. Comme si tu te glissais dans la peau de quelqu'un d'autre. Une fille protégée, à qui on fait des cadeaux.

– Mince alors ! T'es voyante ou quoi ?

– Non, mais il m'arrive d'inventer des histoires, moi aussi.

On s'est regardées pendant un long moment, puis Graziella a murmuré :

– Qu'est-ce que je vais devenir ? J'suis dans la mouise, Louise.

– Il faut tout remettre en place, le plus vite possible. Et si je faisais le guet, là, maintenant ?

Graziella m'a interrompue d'un geste.

– Non, c'est trop risqué. Réfléchis : on quitte la salle de projection et, comme par hasard, le voleur ramène son butin. C'est un peu gros comme coïncidence.

– Ce soir, alors ?

– Mission impossible. Je donne mon spectacle et on organise une boum après le show. Je m'occupe des lumières d'ambiance. Je peux pas m'éclipser.

– Mais moi, si. Personne ne s'en apercevra. L'idéal, ce serait qu'on retrouve les objets pendant que tu es dans la salle. Tu serais insoupçonnable.

Graziella a secoué la tête.

– T'es bien, toi. Je reste avec les autres, tu ramènes les objets, et après ? Comment on répand la nouvelle ? Je passe une annonce au micro ? « Eh, les filles, j'ai comme un pressentiment ! Si on montait jeter un coup d'œil dans les boxes ? »

– Tu as raison, ça sonne faux.

– Non, t'es vraiment sympa mais, à mon avis, c'est fichu, a soupiré Graziella. À moins d'un miracle…

Le front collé contre la rambarde, j'observais les fenêtres des boxes. Il y avait sûrement un moyen d'attirer l'attention sur le dortoir, indirectement, sans se trahir. Un rayon de soleil a ricoché sur une vitre, à l'angle, et j'ai plissé les yeux, aveuglée. Soudain, je me suis redressée. J'avais la solution, là, devant moi : la lumière !

– Graziella, c'est bien demain, l'Assomption ? me suis-je écriée en lui agrippant le bras.

– Oui, mais je ne…

– Le jour où la Vierge monte au ciel avec les anges ? ai-je poursuivi d'une voix surexcitée.

Elle m'a regardée comme si une auréole venait de me jaillir du front.

– Attends, ne me dis pas que tu y crois…

J'ai éclaté de rire.

– Graziella, on va l'avoir, notre miracle !

Je lui ai exposé mon plan. Elle m'a écoutée avec attention, puis elle a demandé :

– T'as pas le vertige, au moins ?

Justement. C'était ça, le problème. Mais avais-je vraiment le choix ?

– Tu préfères quoi : Coca ou Gini ? m'a demandé Benoît.

Depuis le début de la soirée, il n'avait pas cessé de me tourner autour. Finalement, après plusieurs manœuvres compliquées, il avait réussi à me coincer près du podium et, maintenant, il se dandinait devant moi, un gobelet dans chaque main, attendant que je me décide entre la mousse brune et le précipité jaune.

– Y'a pas d'eau du robinet ? ai-je soupiré, très femme du monde.

– Bouge pas. J'vais voir !

Il est reparti en trombe vers le buffet, se

frayant un chemin à coups d'épaule et à grandes giclées de Gini et de Coca. J'en ai profité pour me faufiler à l'autre bout de la salle, près de la porte. J'attendais l'entrée en scène de Graziella. Je devais m'éclipser au début de son numéro, quand tous les regards seraient rivés sur elle.

Les néons se sont éteints progressivement. Un cône de lumière rose a inondé l'estrade et Sam et Jennifer sont apparus, arborant des tee-shirts en sac-poubelle à l'effigie des Déchets Radioactifs (une tête de rat sur deux tibias entrecroisés). Sam s'est installé à la batterie. Pendant quelques secondes, il s'est acharné sur ses tambours et ses cymbales comme s'il s'agissait d'une vengeance personnelle. Puis, quand il a eu épuisé ses réserves d'énergie, il a passé le relais à Jennifer qui s'est avancée en ondulant des hanches. Elle a levé le bras pour réclamer le silence.

– Et maintenant, voici celle que vous attendez... La vedette de la soirée... Graziella !

Sam a repris ses baguettes pour marteler un rythme primitif – tam tam boum, tam tam boum – et Graziella a bondi sur scène, en palmes et tutu noirs, un long bonnet de laine noir en forme de chaussette vissé sur son crâne. Elle s'est mise sur la pointe des pieds, ce qui était un exploit vu les palmes, et, les bras en corbeille au-dessus de la tête, elle a tournoyé vers Sam.

La salle entière s'était tue, attendant la suite.

Comme les autres, je retenais mon souffle. Je n'avais rien vu d'aussi génial depuis le ballet des hippopotames dans *Fantasia*. Graziella semblait avoir totalement oublié sa panique de l'après-midi.

Elle a demandé à Sam de s'arrêter et s'est emparée de ses baguettes. Elle s'est rapprochée des premiers rangs, toujours sur la pointe des palmes, puis, balayant la salle du regard, elle s'est exclamée :

– Alors, bande d'endives ! Pas encore couchés ? Qu'est-ce que vous attendez ?

– MADONNAA ! a hurlé quelqu'un.

Éclat de rire général.

– Tu te crois au Zénith, p'tite tête ? a répliqué Graziella. C'est Sainte-Guénolée, ici ! Rock artisanal cent pour cent pur beurre. Tricoté main, tricoté cœur. Vise un peu ça !

Et là, devant nous, elle s'est livrée à un numéro de jonglage époustouflant, faisant tournoyer ses baguettes au bout de ses doigts avant de les projeter en l'air comme des hélices d'hélico. Elle les a rattrapées d'une main, sans effort apparent.

J'étais littéralement collée sur place. Jusqu'ici, je n'avais connu qu'une personne capable de m'épater en agitant un bâton. C'était Clothilde, une camarade de CM1 qui s'entraînait un quart d'heure par jour pour son club de majorettes. Mais, ce soir-là, en voyant la prestation de Graziella, j'ai trouvé Clothilde très amateur.

Graziella a relancé les baguettes à Sam, puis

elle a empoigné le micro installé sur la scène. Un sifflement métallique a couvert ses mots. Elle a secoué le micro avec une grimace avant de reprendre d'un ton rauque :

– Désolée, ma voix est en train de muer. J'avais oublié de vous prévenir.

Nouvel éclat de rire général.

Quand le calme est revenu dans la salle, elle s'est retournée vers Jennifer, plantée au bord de l'estrade.

– Et maintenant, fini le ronron pour chats ! Ma choriste se gèle les guiboles, on va passer aux choses sérieuses... Un bon vieux tube de derrière les fagots que j'aimerais dédier à quelqu'un dans cette salle...

Les spectateurs se sont agités sur leurs bancs, jetant des coups d'œil furtifs autour d'eux. J'ai regardé par-dessus mon épaule, vaguement inquiète, et j'ai eu un hoquet d'effroi. Benoît m'avait retrouvée. Il se tenait derrière moi et me contemplait rêveusement.

– Quelqu'un qui m'a soutenue et témoigné sa confiance... Et j'espère que cette chanson l'aidera à tenir le coup. Ça s'appelle *Vertiges de l'amour*. Musique !

Yannick a lancé la sono. J'ai vacillé sur mes jambes, réalisant que le titre m'était adressé. *Vertiges de l'amour*... C'était le signal, un avant-goût de ce qui m'attendait en haut de l'escalier.

Un frisson glacé m'a chatouillé la nuque. Benoît me soufflait dans le cou.

– Super l'ambiance, hein ?

– Super…

J'ai titubé jusqu'à la porte, lui écrasant les pieds au passage. Il m'a rattrapée aussitôt.

– T'as pas l'air en forme, a-t-il remarqué, très psychologue. Tu veux ton verre d'eau ?

– Merci.

– Je t'ai mis une paille dedans.

Graziella avait raison : il en faisait vraiment un max pour m'impressionner. Pourquoi le décevoir ? J'ai aspiré une longue gorgée insipide.

– Euh… Pascale… J'sais pas comment te dire…

Il a tendu sa main vers moi. Il avait plein de poils roux sur les phalanges.

– J'aime bien ton pull, a-t-il soupiré en pétrissant ma manche.

Je lui ai rendu le gobelet pour l'occuper. Il fallait absolument que je m'en débarrasse.

– Pot de glu et pas de bol, plat de colle et porte la poisse…

– Hein ?

– Non, rien. C'est un truc que je chantais à la maternelle.

– Est-ce que tu veux sortir avec moi ?

– QUOI ?

Gêné, Benoît a baissé le nez vers ses baskets. Sautant sur l'occasion, je me suis glissée dehors et j'ai repoussé la porte pour l'empêcher de me suivre.

– Écoute, laisse-moi me rendre aux toilettes, j'ai besoin de réfléchir à tout ça. D'accord ?

– D'accord, a soupiré Benoît, le visage collé dans l'embrasure. Sois pas trop longue…

Il m'a fallu moins d'une minute pour traverser la cour et contourner le bâtiment B. J'avais toujours été bonne en sprint mais l'escalade, c'était une autre paire de manches.

Grimper l'escalier, pas de problème ; j'avais de l'entraînement.

À présent, il me restait deux options : soit enjamber la rambarde et suivre tranquillement la corniche qui mesurait quarante centimètres de large, soit m'effondrer en pleurnichant parce que je n'y arriverais jamais. J'ai trouvé un compromis : j'ai enjambé la rambarde en pleurnichant et, le ventre collé au mur pour m'obliger à ne pas regarder le sol, j'ai marché en crabe jusqu'à l'angle. Et là, j'ai commis une erreur fatale : je me suis arrêtée.

Mon cœur cognait comme les tambours de Sam – tam tam boum, tam tam boum – résonnant jusqu'au bout de mes doigts crispés sur le granit. Je sentais le vent frais dans mon dos, l'appel du vide. J'étais paralysée de terreur.

Agrippée au mur, je suis restée bloquée pendant de longues, d'interminables secondes, hoquetant, sanglotant, persuadée que j'allais mourir. Puis j'ai fini par me calmer et ma peur a laissé place à une rage intense, glacée.

« Il faut que j'y arrive. Il le faut ! »

J'ai franchi les derniers mètres dans un état second, progressant centimètre par centimètre sur la corniche qui bordait le dortoir, ne pensant à rien d'autre qu'à la fenêtre de Ségolène, là, tout près... Maintenant !

Les battants se sont ouverts sous ma poussée et j'ai roulé à l'intérieur, tête la première. Le sang brûlait dans mes veines. J'étais trempée de sueur.

Vivante ! J'avais réussi. Le reste n'était qu'un jeu d'enfant.

Le dortoir était sombre et silencieux autour de moi. J'ai longé le couloir, pénétré dans le box de Graziella. Les objets volés étaient là, au fond du placard, roulés dans son duvet. J'ai tiré la boule neigeuse de ma poche et je l'ai posée avec le reste du butin. Puis j'ai pris le walkman de Graziella et j'ai transféré les piles dans la lampe de Suzanne. Une petite pression sur le socle et, aussitôt, la vierge a tourné sur elle-même, projetant des reflets bleutés tandis qu'une voix angélique s'élevait :

Jésus reviens, Jéésus reviens
Jésus reviens parmi les tiens...

« C'est fichu. À moins d'un miracle », avait dit Graziella.

J'ai éteint la lampe, remis le duvet en place et j'ai emporté mon trésor jusqu'aux douches.

Les fenêtres donnaient sur la cour qui surplombait la salle de jeux. J'apercevais les lueurs roses des spots et les silhouettes des élèves en ombres chinoises à travers les baies vitrées. Il aurait suffi que j'allume la lampe, que quelqu'un lève les yeux par hasard et s'étonne... Le plan était parfait.

J'ai calé la vierge sur le rebord de la fenêtre, bien en évidence, et j'ai disposé les autres objets autour. Je me sentais très calme, comme si j'avais répété chaque geste des heures durant.

Je suis allée déverrouiller la porte pour être prête à partir et je suis revenue sur mes pas. Les objets volés luisaient dans la pénombre comme les offrandes d'un autel naïf. De nouveau, j'ai pressé le socle de la lampe.

Jésus reviens, Jéésus reviens...

La mélodie m'a poursuivie tandis que je dévalais les marches.

Qui a dit que les miracles n'existent pas ?

La preuve : Benoît avait disparu. Il devait être en train de me chercher aux toilettes. Ça me laissait le temps de souffler.

Graziella avait fini son numéro et on avait repoussé les bancs pour improviser une piste de danse.

T'as le rap dans la peau
Bouge tes godillots
Gesticule à gogo
Tu peux sortir du lot,

martelait la sono.

Les élèves s'agitaient en cadence, basculant d'un pied sur l'autre avec des mouvements de boxeurs. Je me suis faufilée le long du mur et j'ai rejoint Graziella qui s'affairait près de l'estrade.

– Vertiges de l'amour... ai-je fredonné à son oreille.

Elle m'a lancé un regard anxieux.

– Ça s'est bien passé ?

– Tourne-toi discrètement vers la fenêtre, tu auras la réponse.

Ce qu'elle a fait.

– Mince ! T'assures comme une bête ! T'as pas eu la trouille ?

– Si. J'ai eu un moment de panique, sur la corniche. Mais, franchement, c'était rien comparé à ton spectacle.

Graziella a rigolé, un peu gênée.

– Tu sais, les numéros de clown, c'est mon rayon. J'ai l'habitude.

Elle s'est penchée pour tripoter ses éclairages, ses oreilles virant à l'écarlate.

Je n'en revenais pas : Graziella rougissait !

Je n'ai pas insisté. Il y a des gens qui détestent les compliments, bien que ce soit plutôt rare.

– Bon, je te laisse. Il vaut mieux qu'on ne nous voie pas trop ensemble.

– D'ac. À plus, a-t-elle grommelé, tête baissée.

J'ai traversé la piste de danse en zigzag, rebondissant d'un corps à l'autre.

Élimine les grumeaux
Qui te bouchent le cerveau
Écoute bien ces mots
T'as le rap dans la peau.

Nous avions convenu de ne pas donner l'alerte. Rester dans l'ombre et attendre, telle était la consigne. Mais, pour l'instant, personne ne semblait rien remarquer. La quasi-totalité des élèves gigotait sous les spots et ceux qui ne dansaient pas se goinfraient de chips près du buffet. C'est alors que j'ai repéré Suzanne et Agnès, recroquevillées sur un des bancs, face à la fenêtre. Un bloc-notes sur les genoux, elles griffonnaient d'un air lugubre. Ça ne pouvait pas mieux tomber.

Je me suis plantée devant elles.

– Ne vous fatiguez pas, les filles. Le facteur se met en grève à partir de demain. Il ne peut plus suivre le rythme.

– On n'écrit pas des lettres.

– C'est la rédac de français, a expliqué Suzanne. Faut la rendre dans deux jours.

– Ah, mince, j'avais oublié ! Quelle tête en l'air ! me suis-je écriée.

Suzanne a levé les yeux vers moi.

– Je ne vois pas pourquoi tu t'inquiètes. Tu l'as fini, ton devoir.

Son regard a dérivé par-dessus mon épaule.

– Eh, c'est bizarre, là...

– Quoi donc ? ai-je demandé innocemment.

– Mais là, par la fenêtre ! Il y a un truc bleu qui clignote.

– Tiens oui... On dirait que c'est dans le dortoir.

– C'est peut-être un ovni.

Suzanne a regardé à son tour.

– C'est drôle, a-t-elle dit au bout d'un instant. Ça me rappelle...

Elle s'est figée.
– Ma lampe !!!

Deux minutes plus tard, les moniteurs étaient prévenus et gagnaient le dortoir au pas de course. J'attendais dans la cour avec les autres. On nous avait conseillé de rester groupés pour éviter que l'alerte ne dégénère en pagaille générale. Près de moi, Suzanne et Agnès tentaient de se réconforter mutuellement.
– Tu crois que le voleur est dangereux ?
– Sûrement. Ça doit être un déséquilibré, un genre de maniaque pour piquer des peluches et des boules à neige...
– Ben, et ma vierge alors ? a protesté Suzanne.
– C'est peut-être un maniaque catholique. J'en sais rien, moi ! a gémi Agnès.
Graziella nous a rejointes. Elle m'a lancé un clin d'œil complice.
– Récite ta prière, Esther. Voilà ton ange gardien qui rapplique.
L'ange aux cheveux orange fluo fondait droit sur moi, le front plissé par l'inquiétude.
– Par où tu es sortie ? Je t'attends devant les W.-C. depuis vingt minutes !
Aïe ! C'était le moment d'improviser.
– Je suis passée par le vasistas. Je voulais te faire une surprise.
– Hé ! Regardez ! s'est écriée Agnès.
Yannick venait d'ouvrir la fenêtre du dortoir. Il tenait la lampe de Suzanne et l'agitait vers nous. Les rayons tournoyaient sur la

façade, traçant des fils de lumière bleue. C'était beau, presque irréel.

– Oh, mon Dieu… Ma lampe !!!

Suzanne a éclaté en sanglots et moi, j'ai éclaté de rire en la serrant dans mes bras.

Benoît m'a tapé doucement sur l'épaule.

– Euh, Pascale. J'pense à un truc… T'as pas pu sortir par le vasistas. Y'a pas de vasistas dans les W.-C.

– Ce que tu peux être terre à terre, ai-je soupiré. Et les miracles, alors ? Ça existe !

Larvor-Enlock, le 15 août

Cher papa, chère maman,

Merci pour votre colis. Les bottes Aigle sont géniales. Dommage que je n'aie plus rien à mettre avec : j'ai donné mon ciré jaune il y a une semaine et, en échange, j'ai reçu un pull beige qui sent l'herbe. Je crois que j'ai réalisé une bonne affaire.

J'ai encore échangé pas mal d'autres choses depuis le début de mon séjour : des injures (d'après votre mode d'emploi), des secrets et mon box dans le dortoir. Maintenant, je dors près de Graziella, l'ex-meneuse du gang des loubs. Nous sommes amies depuis que je l'ai empêchée de s'évanouir pendant un film sur la fécondation de l'ovule. Grâce à elle, j'ai vaincu mon vertige et longé une corniche de quarante centimètres de large. J'ai même accompli une sorte de miracle avec les piles de son walkman.

Je me suis également fait trois amis à l'extérieur : Valentine, une vieille dame adorable (elle prépare les meilleures tartes aux noyaux que j'aie jamais goûtées), Clément, son petit-neveu (un as de la mécanique ; j'ai hâte qu'il voie ta 405, papa !), et Félix.

Félix a seize ans. Il ne ressemble pas du tout à son cousin et j'ai eu peur de lui la première fois que je l'ai vu. Félix est trisomique. Clément m'a expliqué d'où vient sa différence : quelque part dans son corps, il possède un «chromosome excédentaire», un de plus que la normale. Moi, je préfère dire qu'il a un petit grain de folie en plus. Et alors ? Ça ne l'empêche pas de vivre, de rire et d'avoir besoin de tendresse. D'ailleurs, il existe en chacun de nous, ce petit grain de folie.

Le mien s'appelait Stéphane. Il avait vingt-trois ans et parcourait la terre pour photographier des visages inconnus. Il a longtemps vécu parmi nous, sans que vous le remarquiez. Vous étiez si occupés : maman, toujours à ton bureau ou partie en reportage - et toi, papa, enfermé pendant des heures dans ton atelier. Vous me parliez sans vraiment m'écouter, alors, chaque semaine, j'écrivais à ce frère invisible qui me racontait ses voyages et partageait mes rêves.

Voilà le genre de fille que j'étais avant de venir ici : solitaire, pas complètement folle mais spéciale, capable de discuter des heures avec un hamster et d'écrire à quelqu'un qui n'existe pas. Je voulais vous dire cela avant votre visite.

Je vous attends avec impatience.

Je ne veux plus qu'on vive comme des étrangers, tous les trois. Plus jamais.

Votre Pascale.

P.-S. : Faites gaffe que Gengis Khan ne s'étouffe pas avec sa carte postale.

8

LES PILES, L'AMOUR ET AUTRES MIRACLES

Pendant trois jours, il n'a été question que du miracle des douches de Sainte-Guénolée. Ce qui étonnait le plus, dans l'histoire, c'est que le voleur se soit donné la peine de remettre des piles dans la lampe de Suzanne. Chacun avait une idée bien précise sur la question. Certains parlaient d'extra-terrestres, d'anges gardiens. D'autres, plus rationnels, penchaient pour le coup monté, allant jusqu'à soupçonner le directeur d'avoir lui-même tout organisé pour faire de la pub à son établissement. Le mystère de la lampe restait intact et, bientôt, de nouveaux miracles se sont produits à Sainte-Guénolée, moins spectaculaires mais aussi étonnants.

Ainsi, du jour au lendemain, Benoît a cessé de me suivre comme une ombre. C'était un garçon paisible et l'idée de sortir avec une fille qui traversait les murs des toilettes devait l'inquiéter. Je ne lui en voulais pas, au contraire. J'étais plutôt soulagée.

Le deuxième miracle concernait Lame-de-Rasoir, la monitrice sadique. Son histoire d'amour avec le prof de maths l'avait totalement métamorphosée. Elle ne rôdait plus dans le dortoir pour tirer nos rideaux d'un coup sec et nous surprendre en flagrant délit :

– Gouillet, tu cesses de ricaner et tu dors ! Je veux un silence total, compris ?

– Dorel, si je te reprends à écrire sous tes draps, je t'envoie chez le directeur. Compris ?

Elle ne lisait plus *Devenez rayonnante* mais une revue intitulée *L'Harmonie du couple*. Elle déambulait dans des tee-shirts fluo qui lui moulaient les côtes, la bouche crispée par un sourire fixe. Elle ne nous voyait plus, ne nous entendait plus – à tel point qu'elle laissait Suzanne faire marcher sa lampe jusqu'à onze heures, malgré les plaintes des voisines de box.

C'était un tel soulagement de ne plus l'avoir sur le dos qu'Agnès avait même songé à écrire une lettre de remerciement à Théophile Reyme. Heureusement, j'avais réussi à l'en dissuader.

Quant au troisième miracle, il avait eu lieu ce matin, lorsque Virgile Prunel nous avait rendu les rédactions. Nous étions penchés sur nos copies, plissant les yeux pour déchiffrer les commentaires du prof quand, soudain, la voix de Graziella s'était élevée dans la classe.

– M'sieur ? Doit y avoir une erreur...

– Plaît-il ? Qu'est-ce qui te chagrine, jeune fille ? s'est écrié Virgile en bondissant de l'estrade.

Il a parcouru le devoir de Graziella, hochant la tête et poussant des petits soupirs ravis.

– Je ne vois là que des raisons de nous réjouir,

a-t-il conclu en le lui rendant. Quelle est donc la cause de ton désarroi ?

– Euh, la note, là...

– Oui, seize. Je vois.

Brusquement, il y a eu un silence de mort dans la classe. Tous les regards ont convergé vers Graziella.

– Je reconnais que je me suis montré un peu injuste, poursuivait le prof, mais j'ai dû t'enlever deux points à cause de l'orthographe. Je ne saurais mettre dix-huit à une personne, si gracieuse soit-elle, qui écrit cantoche avec un k. Ce serait faire injure à nos chères vieilles traditions culturelles. Autre chose ?

– Non, rien, a murmuré Graziella. Je voulais juste être sûre.

Virgile a regagné son estrade en sautillant comme un elfe et s'est lancé dans un discours sur la nécessité du conformisme.

Graziella s'est tournée vers moi, l'air désolé.

– Ne me regarde pas comme ça, ai-je chuchoté. Je n'y suis pour rien.

– Seize ! Tu te rends compte ? Quel taré, ce type ! a gémi Agnès en me glissant sa copie sous le nez.

Elle n'avait eu que neuf. Comme je le redoutais, elle avait foncé droit sur le hors sujet. Son portrait psychologique se limitait à une brève description de Yannick, allongé dans un pré et mâchant une pâquerette sur fond de cimes enneigées.

– Et toi, m'a-t-elle demandé, excédée, t'as eu combien ? Vingt ?

– Rien. Le prof ne m'a pas notée.

– Mais quel taré, ce type !

Pour être exacte, c'était moi qui avais demandé à Virgile Prunel de ne pas me noter. J'avais rajouté un post-scriptum à la fin de mon devoir :

Cher Monsieur Prunel,

Il faut que vous le sachiez : rien de ce que j'ai écrit dans mon devoir n'est vrai. Stéphane n'a jamais existé, ni l'écluse ni le cargo qui nous emmènerait vers des îles merveilleuses. Vous aviez dit que nous pouvions décrire un ami imaginaire, et c'est ce que j'ai fait. Mais décrire un mensonge, c'est tricher avec la vie, tricher avec soi-même, alors je préfère que vous ne me notiez pas. Je ne le mérite pas.

Merci.

En retour, Virgile Prunel m'avait griffonné une appréciation d'une demi-page :

Chère Mademoiselle Dorel,

J'ai lu ton devoir, puis ton post-scriptum, avec attention. Et j'aimerais te dire ceci à propos de Stéphane : même si tu ne veux plus le suivre dans le cargo de verre, ne le renie pas. Il n'était qu'un mensonge – et alors ? Tu l'as rêvé très fort, tu as cru en lui. Les personnages que l'on invente parlent de la vie, eux aussi. Ils reflètent nos passions, nos craintes, nos espoirs. Le mensonge, en somme, n'est

qu'une manière détournée d'exprimer la vérité et les détours n'empêchent pas d'atteindre sa destination. Ils sont même souvent préférables car ils favorisent les rencontres.

Je ne te note donc pas, puisque tu le souhaites (inutile de me remercier), mais je t'engage à lire le travail de Graziella de Saint-Cyr qui te touchera, j'en suis sûr.

Cordialement.
V. Prunel.

– Pas question, a répondu Graziella.

Elle a plié sa copie et l'a glissée dans la poche de son perfecto. Elle avait refusé de la laisser au dortoir de peur qu'on ne la lise pendant son absence.

– Dis-moi qui tu as décrit, au moins !

– Top secret.

– Ce n'est pas juste, ai-je protesté. Le prof a eu le droit de lire, lui.

Graziella s'est repliée dans son silence et nous avons traversé le centre de Larvor-Enlock en nous boudant mutuellement.

Une fête foraine s'était installée sur le port pour quelques jours et j'avais promis à Graziella qu'on s'y rendrait ensemble. C'était notre première vraie sortie à deux, et, tant qu'à faire, j'aurais préféré que ça se passe dans la joie et l'enthousiasme, et non dans cette ambiance de bal des croque-morts.

Les touristes n'avaient jamais été aussi nombreux. Ils se pressaient devant les attractions et nous avons suivi le mouvement, piétinant d'une mine lugubre, tandis qu'autour de nous l'air palpitait des bruits de la fête.

– Alors, les filles ! Vous faites un concours de grimaces ? a crié un forain.

Graziella s'est tournée vers moi et on n'a pas pu s'empêcher d'éclater de rire en voyant nos mines sinistres.

– À la bonne heure ! J'ai cru que vous étiez nées comme ça. Allez, venez faire un carton pour vous remettre en forme !

On s'est approchées du stand où des balles de mousse rebondissaient dans une petite cage lumineuse.

– Vingt francs les dix coups, a annoncé l'homme en désignant une rangée de fusils aux crosses bariolées. Impossible de perdre ! Si vous touchez dix balles, vous gagnez le radio-réveil. Huit balles, une superbe peluche lavable en machine et trois balles, cinq francs de ristourne sur le prochain ticket. Choisissez votre arme !

– Non, merci, ai-je répondu. J'appartiens à la ligue de protection des balles de mousse.

Graziella a choisi un fusil à crosse verte et s'est tranquillement accoudée au stand.

– C'est une tueuse, ta copine. Tu as vu comme elle se concentre ? a remarqué l'homme avec un clin d'œil moqueur.

– Ne vous y fiez pas. Elle est capable de gagner le poste.

Deux minutes plus tard, Graziella reposait

son fusil avec le sourire de quelqu'un qui a repris goût à la vie.

– Laissez tomber le radio-réveil, a-t-elle dit. J'en ai déjà un. Je vais plutôt prendre le gros panda, là, sur l'étagère du haut. Mettez-le-moi de côté, le temps qu'on fasse un tour.

Les gens qui s'étaient massés autour du stand se sont écartés à notre passage.

– Tu as aussi appris à tirer avec ta mère ? ai-je demandé tandis que nous flânions dans l'allée.

– Non. Je pensais très fort à Charles-Hubert en visant. Ça me stimulait, a avoué Graziella. Hé, ça te branche de faire un tour de soucoupe ?

Elle me montrait une roue clignotante qui tournoyait en l'air comme un frisbee. Des hurlements stridents s'échappaient des nacelles. J'ai senti mes jambes mollir.

– J'ai peur de ne pas être à la hauteur. J'ai le vertige, tu sais bien.

– T'inquiète, Henriette. T'auras même pas le temps d'avoir peur quand tu seras dessus.

Elle m'a prise par le bras et, cinq minutes plus tard, nous nous élevions dans les airs, sanglées et encastrées sur nos sièges.

– Ferme pas les yeux ! a lancé Graziella. Regarde ! Y'a Sam et Jennifer qui sont là-bas, près des autos tamponneuses.

J'ai jeté un coup d'œil vers la terre ferme, le temps d'apercevoir une silhouette rose et blanche qui agitait les bras, de crier « Valentine ! » et j'ai basculé dans une tornade de bruit et de lumière qui m'a crispé le cœur.

Graziella avait raison : j'étais tellement occupée à hurler et à m'accrocher à mon siège que j'en ai oublié ma peur. Quand j'ai retrouvé le sol, j'avais la couleur et la consistance d'une purée de légumes fraîchement mixée.

Comble de la honte, Sam et Jennifer venaient à notre rencontre, pressés d'essayer un nouvel engin de torture.

– Alors, c'était comment ?

– Super. C'est fou ce que ça détend, ai-je soupiré en m'asseyant par terre dans l'espoir que le sol arrête de tanguer.

– Wouah ! Le pied ! exultait Graziella. J'ai cru que j'allais clamser !

Enthousiasmés par cette idée, Sam et Jennifer se sont rués vers le guichet pour s'offrir un tour d'essoreuse.

– On teste le Marteau Géant ? a suggéré Graziella, décidément très en forme.

– J'ai une autre idée. Je me remets doucement en position verticale, on s'offre une gaufre et on la mange sans s'énerver, en regardant les autres s'agiter sur leur manège.

En réalité, je me sentais incapable d'avaler quoi que ce soit mais je ne voulais pas gâcher l'après-midi de Graziella en me comportant comme une petite nature.

– Génial ! Ça nous donnera des forces avant le Marteau. Et après, je t'offre un tour de Roue Infernale !

Graziella m'a aidée à me relever et on s'est dirigées vers une grande caravane rouge, décorée de guirlandes d'ampoules. Graziella a commandé une gaufre à la chantilly. Je l'ai imitée, timidement. Les gaufres étaient dorées, croustillantes et recouvertes d'une montagne de crème fouettée. J'ai regardé la mienne avec méfiance.

« Allez, courage, ai-je pensé. Il faut savoir vivre dangereusement. »

J'ai mordu dedans. Délicieux. Écœurant. Je l'ai reposée sur le comptoir et j'ai parcouru la foule du regard.

– Ne te retourne pas, a dit Graziella. Y'a un garçon super mignon qui vient vers nous.

– Pascale !

Avant même d'entendre sa voix, j'avais reconnu son parfum. Son odeur d'herbe et d'automne. Et, bien sûr, je me suis mise à rougir parce que Graziella était là.

– Euh, Graziella, c'est Clément. Clément, Graz...

Je me suis interrompue. Clément semblait paniqué. Il jetait des regards anxieux autour de lui et m'a serré la main, comme le jour où nous avions couru ensemble sous l'orage.

– Tu as vu Félix ? a-t-il dit. On le cherche partout avec Valentine !

– Il s'est enfui ? ai-je demandé, bêtement.

– Non. Il a dû se perdre dans la foule. Il y a tellement de monde. Il faut absolument le retrouver.

– On va t'aider. Tu cherches de quel côté ?

– Près des autos tamponneuses. Valentine est à l'entrée.

– O.K., ne t'inquiète pas. Il est sûrement dans le coin.

Clément a replongé dans la foule. Je suis partie vers le Marteau Géant.

– Prends ta gaufre, au moins ! a lancé Graziella.

– C'est vraiment pas le moment.

– Erreur, ma vieille.

Graziella m'a rattrapée, puis dépassée, pointant la gaufre vers les flâneurs qui s'écartaient brusquement pour éviter la collision. Encore une de ses idées de génie.

– Au fait, qui c'est, Félix ?

– Je t'expliquerai.

– Tu peux me dire à quoi il ressemble, au moins ?

– Attends ! ai-je crié en m'arrêtant. Qu'est-ce qui se passe, là-bas ?

Il y avait un attroupement au pied du Marteau Géant. Un groupe de gens qui rigolaient. Nous nous sommes rapprochées. Brandissant toujours ma gaufre comme une grenade, Graziella s'est frayé un chemin parmi la foule, non sans difficultés, cette fois.

– Qu'est-ce qui lui prend à la gamine ?

– Eh là, du calme !

Collée à ses talons, je bredouillais mécaniquement :

– Pardon, désolée, excusez-nous...

Enfin, nous sommes parvenues au centre du groupe et j'ai senti mon cœur se serrer.

Félix dansait, seul, sur un rythme techno diffusé par les amplis. Il battait des bras comme un oiseau qui s'élance, dans un froissement de ciré jaune. Les yeux fermés, il souriait, heureux, aux anges qui planaient dans sa tête, indifférent aux rires et aux regards curieux.

– Tiens, voilà la Carotte et son garde du corps ! a persiflé une voix connue.

Elles étaient toutes là, aux premières loges, dans leur uniforme de Schtroumpfettes. Un cauchemar de shorts marines et de sourires méprisants.

– La ferme, pauvre idiote ! ai-je lancé à Anne-Sophie.

Félix a ouvert les yeux et s'est jeté dans mes bras.

– Ppas-cale ! Ttu ddanses a-vec moi ?

Les Schtroumpfettes ont éclaté de rire et Antoine, qui serrait les épaules de Marie-France, a ri, lui aussi, plus longtemps que les autres. Il devait se sentir très fort, entouré de toutes ces filles.

– Alors, c'est qui, ce mongol ? Ton petit ami ? a-t-il demandé.

– C'est ttoi qqui lui a ddonné ce jojoli manteau ? a renchéri Marie-France.

Félix leur a jeté un regard surpris. J'ai serré sa main très fort. Il fallait que je l'emmène loin d'ici.

– Viens, suis-moi. On va retrouver Clément et Valentine.

– C'est pas son petit ami, c'est son frère, le taré, continuait Anne-Sophie à l'intention des gens attroupés.

Je me suis retournée.

– Oui, c'est mon frère, ai-je dit. Et alors ? Ça te pose un problème ?

– Pauvre petite débile, retourne dans ton asile !

– Laisse tomber, Anne-Sophie ! a soufflé Ségolène, toujours pleine de bons conseils.

Trop tard, la gaufre de Graziella s'est écrasée sur le front d'Anne-Sophie, éclaboussant généreusement toutes ses copines.

– Ah, l'andouille ! Mes mocassins ! a gémi Antoine.

Ensuite, tout s'est passé très vite. J'ai enregistré le bond de Graziella vers Marie-France, leur chute et le hurlement d'Anne-Sophie qui se ruait vers moi, pleine de rage et de chantilly. Avant que j'aie eu le temps de réagir, une silhouette en robe rose a surgi devant nous.

– Non !

Anne-Sophie s'est figée sur place, fixant Valentine avec stupeur.

– Ça suffit, à présent. Vous avez fait assez de mal comme cela.

Anne-Sophie a hésité. Elle ne voulait pas perdre la face devant ses copines. Elle a soutenu le regard de Valentine et, l'espace d'un instant, l'air est devenu comme électrique autour de nous. Même Graziella s'était figée en pleine action, les doigts crispés sur le nez de Marie-France. Blotti contre moi, Félix avait fermé les yeux. Il se balançait doucement et chantonnait des syllabes sans queue ni tête au creux de mon oreille.

– Vous vous rendez ridicule.

La voix de Valentine était calme et froide. À la place d'Anne-Sophie, je n'aurais pas insisté.

Elle a baissé les yeux, vaincue.

De nouveau, il y a eu un remous dans la foule, des murmures de protestation, et Clément est apparu, essoufflé, ses cheveux emmêlés par la course.

– Tout va bien, l'a rassuré Valentine.

Elle s'est avancée vers les Schtroumpfettes. Les yeux pleins de larmes, Marie-France palpait son nez. Il avait viré au rouge violacé, évoquant une variété rare de champignons vénéneux. Valentine a pris la main de Graziella pour l'aider à se relever.

– La violence ne sert à rien contre la bêtise. Rentrons, maintenant.

Elle a fendu la foule comme une reine, tenant Félix par les épaules, et nous l'avons suivie.

– Au fait, m'a chuchoté Graziella tandis que nous nous faufilions vers la sortie. Y'a un truc qui m'échappe. Tout à l'heure, t'as bien dit que Félix était ton frère ?

– Non, en réalité, Félix est le cousin de Clément.

– Ah bon ? C'est Clément ton frère ?

– Je ne pense pas. Je l'ai rencontré sur la plage il y a deux semaines.

Graziella plissait le front, en proie à une profonde incertitude.

– Mais alors, c'est qui, Stéphane ?

– Écoute, ai-je soupiré. C'est trop compliqué. Je t'expliquerai ça une autre fois. Promis.

Nous nous sommes arrêtées devant le stand de tir.

– Vous voulez faire un petit carton ? a proposé le forain à Valentine.

Elle a décliné l'offre avec un sourire.

– Merci. C'est très aimable de votre part mais je suis contre la violence gratuite.

– Allez, vingt francs les dix coups…

Il s'est arrêté net en reconnaissant Graziella.

– Vous êtes de la même famille ? a-t-il demandé.

Je ne le sentais pas trop rassuré.

– En quelque sorte, ai-je dit.

– En qquel-qque sorte, a répété Félix.

Il a pointé son index vers l'homme, dans une zone située approximativement entre le cerveau et l'estomac et il a fait « Biing, biing ! ». Puis, changeant de cible, il a désigné une peluche sur l'étagère du bas. Une girafe aux grands yeux noirs ombrés de cils laineux.

– Ci-ggogne ! s'est-il écrié.

– Girafe, mon trésor, a corrigé Valentine. La girafe a quatre pattes et un beau regard candide.

Graziella contemplait Valentine avec admiration, complètement sous le charme.

Le forain nous a fixés pendant un instant, perplexe, puis il a secoué la tête.

– Bon, tenez, voilà le panda et un petit cadeau en prime, a-t-il soupiré, tendant la girafe à Félix. Mais soyez sympa, ne revenez pas tous les jours sinon j'aurai plus un seul lot à la fin de la semaine. Il faut bien que je vive, vous comprenez ?

– Ci-ggogne ! a clamé Félix en serrant la girafe contre son cœur.

– L'amour est aveugle, a remarqué Clément.

Je lui ai lancé un regard inquiet. Il a éclaté de rire et m'a plaqué un baiser chaud sur la joue.

– Girafe ! m'a-t-il glissé à l'oreille.

– Sainte-Guénolée, terminus ! s'est exclamée Valentine avec entrain.

Elle a freiné devant le portail dans un crissement de pneus, nous projetant d'avant en arrière sur nos sièges.

– La vache, quelle conductrice ! m'a soufflé Graziella, les yeux brillants d'excitation.

Pour ça, oui ! Heureusement que nous avions mis nos ceintures de sécurité. Entre le Marteau Géant, les Schtroumpfettes et la conduite sportive de Valentine, j'avais eu ma dose d'émotions fortes pour la journée.

– Il est presque sept heures, a remarqué Valentine en consultant sa montre. J'espère que vous n'êtes pas en retard pour l'appel.

Cette phrase a eu l'effet d'une douche froide. Graziella n'avait pas plus envie que moi de retrouver l'ambiance du réfectoire et des murs gris pâle.

– On n'a pas le choix, ai-je dit en réponse au long regard taciturne qu'elle me lançait.

– Essayez de prendre les choses du bon côté, a suggéré Valentine. On peut se revoir samedi, si vous voulez. Vous viendrez prendre le thé à la maison.

– Vous m'invitez aussi ? a demandé Graziella.

– Pas question, surtout après ce que vous avez fait pour nous.

– Ppas qques-tion !

Félix a fourré sa girafe dans le cou de Graziella.

– JJolie, Ga-zella !

Les oreilles de Graziella ont pris une nuance rose fuchsia, presque assortie à la Volkswagen de Valentine.

– C'est fou ce que cette girafe a du succès, a remarqué Clément.

– Bon, ça va... On se grouille, a râlé Graziella en ouvrant la portière.

On est restées devant le portail, agitant le bras jusqu'à ce que la voiture disparaisse entre les arbres.

– Et maintenant qu'est-ce que je fais de ce truc-là ? a soupiré Graziella en soulevant son panda.

Évidemment, elle se croyait obligée de jouer

les grosses dures parce que je l'avais vue rougir.

– Ne me bluffe pas. Tu es folle de cette peluche.

– Ouais, c'est vrai, a-t-elle reconnu. Et puis je l'ai pas volée, t'as vu comment j'ai tiré ?

Elle s'est arrêtée, gênée. Je lui ai donné une petite tape amicale sur l'épaule.

– Allez, fonce la mettre au dortoir avant que tout le monde te voie avec.

– O.K. Rendez-vous au réfectoire, dans cinq minutes !

Elle a fait deux pas, puis s'est retournée brusquement.

– Tu sais, a-t-elle lancé. Félix, il en vaut dix comme Charles-Hubert. Sans déc…

Elle s'est enfuie, tête baissée.

J'ai gagné le bâtiment A pour l'appel du dîner. Suzanne était assise sur les marches dans sa position favorite : le nez collé sur son bloc-notes, un crayon dans la bouche.

– Salut.

Elle m'a lancé un regard méditatif.

– T'as plein de taches de dentifrice, a-t-elle observé.

– C'est de la chantilly, j'ai mangé une gaufre. Tu écris encore à ta mère ?

J'étais tellement sûre de la réponse que j'avais déjà recommencé à gravir les marches.

– Non, c'est une lettre pour Benoît.

Je me suis retournée, stupéfaite.

– Ben oui, il m'a demandé mon âge, a-t-elle expliqué.

Pendant un bref instant, je les ai imaginés tous les deux : Suzanne, un mètre cinquante-quatre, quarante kilos délicatement voilés d'une robe à smocks, une voix fluette qui fredonnait « Jésus, reviens ! » en canon avec sa lampe – et Benoît, un mètre quatre-vingts, des pieds comme des raquettes, une tignasse de yéti orange vif et, entre les deux, quatre-vingts kilos de muscles qui roulaient vers vous en susurrant : « Euh, j'sais pas comment te dire... » Le cauchemar.

– Et tu lui écris pour lui dire ton âge ? ai-je balbutié.

– Non. Je lui parle de ma mère.

J'ai poussé la porte du grand hall. L'endroit était désert. Il restait encore un quart d'heure avant le dîner mais je n'avais aucune envie de retourner sur les marches pour regarder Suzanne griffonner.

Je suis allée m'asseoir dans le recoin près de l'accueil, les genoux collés au menton et, pendant quelques instants, j'ai réfléchi à ce qui s'était passé cet après-midi : la fête foraine, la bagarre avec les Schtroumpfettes, le baiser de Clément... Je n'étais pas habituée à autant d'agitation. Sans parler de tout ce que j'avais vécu depuis mon arrivée à Sainte-Guénolée : mon premier duel avec Anne-Sophie, mon expédition nocturne sur la corniche du dortoir, mon amitié avec Félix et Graziella... J'ai souri en imaginant la tête de mes parents quand je leur raconterais mon séjour. Eux qui me croyaient timide et renfermée !

La porte de l'accueil s'est ouverte et rabattue vers moi, me plongeant dans l'obscurité.

– Je suis ravi que tout se passe bien, a dit une voix familière. Nous nous faisions du souci à son sujet. C'est une enfant tellement introvertie.

– Papa ? ai-je murmuré.

La tête de mon père a surgi de l'entrebâillement.

– Pascale ! Qu'est-ce que tu fais toute seule dans le noir ?

9

LES RÊVES, C'EST MIEUX EN VRAI !

Il m'a soulevée dans ses bras. Il m'a serrée contre lui en m'ébouriffant les cheveux. Je me suis laissé faire. Je me moquais pas mal qu'on nous voie.

– Mon petit, a-t-il dit. Ma cerise…

J'ai enfoui mon visage dans sa veste qui sentait le vétiver et la térébenthine.

– C'est pas ce que tu crois, ai-je murmuré. Je suis pas triste, pas du tout.

J'ai reniflé bruyamment.

– Pascale ?

J'ai relevé la tête et j'ai croisé le regard de ma mère. Elle se tenait près de Yannick et me souriait. Elle avait coupé ses cheveux et portait des boucles d'oreilles en forme de gouttes d'eau, d'un bleu presque aussi translucide que ses yeux.

– Qu'est-ce que tu es belle…

– Toi aussi. Ces traces de dentifrice te vont très bien.

– C'est de la chantilly.

Elle s'est approchée de moi et m'a caressé les joues. Puis elle a porté ses doigts à sa bouche.

– Exact. C'est de la chantilly.

– C'est parce qu'on s'est battus à la fête foraine.

– Avec de la chantilly ?

– Nous essayons de diversifier les activités d'éveil, est intervenu Yannick.

– Oui, ai-je dit. Ça change du lancer de compote.

– Du lancer de... compote, a repris mon père, pensif, en me reposant doucement par terre. C'est une coutume locale ?

Yannick a froncé les sourcils et m'a lancé un regard qui signifiait : « Toi, s'il n'y avait pas de témoins, je te roulerais volontiers dans le goudron et les plumes. »

– Hum, eh bien... Je laisse Pascale vous montrer le dortoir. Elle connaît le chemin.

– C'est là, vous pouvez entrer. Baisse la tête, papa.

Ils ont fait trois pas timides dans le box, ont regardé autour d'eux.

– Très joli, ce jaune, a murmuré ma mère. Ça ne te fatigue pas trop les yeux ?

– Oh non, je dors sous les couvertures.

Je me suis réfugiée près du lavabo pour leur laisser un peu d'espace.

– Vous avez soif ? J'ai de l'eau du robinet, ai-je proposé.

Je ne sais pas pourquoi je leur ai demandé ça. C'était idiot. J'avais l'impression de répéter un des sketches que Déborah Debeuliou nous faisait jouer pour perfectionner notre accent. La gentille maîtresse de maison se précipitait vers ses invités, une théière fumante à la main, et s'exclamait en grimpant dans les aigus : « Do you want a cup of teaaa ? »

Adossé au mur, mon père survolait le dortoir d'un regard songeur. Sa tête dépassait la cloison d'au moins dix bons centimètres.

– Profitez-en, il n'y a pas longtemps qu'on a l'eau courante, ai-je poursuivi. Avant, on se rendait chaque jour à la plage avec nos trousses de toilette et on attendait que la marée monte.

– Pascale...

J'ai regardé mon père, ses grands yeux noirs qui me fixaient avec tendresse.

– Nous avons reçu ta lettre.

– Je sais.

C'était cela que je redoutais. Nous n'avions jamais vraiment parlé, tous les trois. Nous empruntions toujours des chemins obliques pour dire nos sentiments – les lettres, les plaisanteries, les histoires que j'inventais.

« Le mensonge, en somme, n'est qu'une manière détournée de dire la vérité. »

Ma mère m'a fait signe de m'asseoir près d'elle.

– Parle-nous de Stéphane.

– Ça ne sert à rien. Il est trop loin, maintenant. Je l'ai presque oublié.

Et, au moment précis où je disais cela, il m'est apparu, souriant, paisible. Non plus comme un fantôme mais comme une présence amie.

– Il était blond, ai-je murmuré, comme toi, maman. Il voulait découvrir toutes les îles du monde...

Et les mots se sont déroulés, comme un fil tendu au-dessus du vide. Je me suis avancée sans crainte. Pour eux, j'ai redonné vie à Stéphane à ses voyages en cargo, aux paysages et aux saisons qu'il avait traversés pour se rendre là-bas, de l'autre côté de l'équateur. Je leur ai parlé des jardins parfumés de la Réunion, des volcans aux flancs noirs qui s'enfonçaient loin, très loin sous la mer, et des criques couvertes de cendre.

Je leur ai parlé du vent et du visage de mon frère, tourné vers le soleil. Puis, tandis que je le décrivais, il s'est passé une chose étrange. Lentement, le visage de Stéphane est devenu flou, comme s'il se dissolvait dans la lumière, et un autre visage s'est superposé au sien. Celui d'un garçon aux yeux brun clair, presque dorés, aux cheveux ébouriffés.

Je me suis tue.

– Au fait, vous ne deviez pas m'annoncer une bonne nouvelle ? ai-je demandé.

Sans trop savoir pourquoi, je me sentais inquiète.

Mon père a serré les épaules de ma mère et m'a souri.

– Eh bien, voilà. Nous ne savions pas comment te le dire… L'an prochain, nous serons quatre à la maison.

Quelque chose en moi refusait de comprendre.

– Mais nous sommes *déjà* quatre ! Et Gengis Khan, alors ?

– Gengis Khan va très bien, a répondu ma mère avec douceur. J'attends un bébé.

Je l'ai fixée sans un mot ; puis, tout doucement, je me suis assise sur le lino gris.

– Pascale, mon chaton ! Ça ne va pas ?

– Si si, mais laissez-moi le temps de m'habituer. Ça fait longtemps qu'il est là ?

– Huit semaines, a dit ma mère.

– Ah.

J'ai repensé au film que Yannick nous avait projeté. *Les Premiers Jours de la vie*… Quelque part, dans le ventre de ma mère, une vie nouvelle s'épanouissait comme une fleur charnue, un rêve de sang et de chaleur. Un frère, peut-être…

– Il y a encore autre chose, a repris mon père.

– Ah ? (Ma voix était si faible que je l'ai à peine reconnue.) C'est quoi ?

– Nous allons partir en voyage, tous les trois. Ou plutôt tous les quatre.

– Je ne le crois pas. Vous n'avez pas pris de vacances depuis des années.

– Justement, j'ai pensé que ça me ferait du bien de m'arrêter, a dit ma mère. Une dizaine de jours. Ce serait l'occasion de nous retrouver. J'ai tant de choses à apprendre sur toi.

Je l'ai regardée, pâle et lumineuse dans sa

robe turquoise. Bleu des mers du Sud. Le soleil jouait sur les perles de verre pendues à ses oreilles. Je ne l'avais jamais vue aussi calme.

– Tu ne nous demandes pas où on va ? a dit mon père.

– Si. Où on va ?

Il a fouillé dans la poche de sa veste et en a retiré une brochure pliée en deux. Il me l'a tendue avec un drôle de sourire.

Avant même de la prendre, j'ai reconnu la photo : la maison blanche avec ses colonnes, la fontaine et le jardin bordé de palmiers. Dessous, il y avait écrit : « Case créole, Saint-Denis. »

– Ce n'est pas possible, vous ne pouviez pas savoir...

– Nous ne savions rien, a dit ma mère.

– Mais pourquoi la Réunion ? Pourquoi justement là-bas ?

Elle a haussé les épaules, furtivement.

– Parce que c'est au bout du monde. Parce que c'est le plus beau nom d'île qui existe.

Bien sûr. Je connaissais toutes ces raisons. C'est pour cela que je l'avais choisie, moi aussi. Lointaine, irréelle. Là-bas, les saisons s'inversent, l'été commence avec notre automne. La Réunion...

– Quand est-ce qu'on part ?

– Eh bien, ça dépend de toi. Après-demain, si tu es d'accord.

– Après-demain ? ai-je murmuré.

– Nous voulions faire ce voyage avant que

tu reprennes l'école, a expliqué mon père. Quand nous avons reçu ta lettre, nous nous sommes dit qu'il fallait partir maintenant, tous ensemble.

J'ai hoché la tête en silence et mon regard a glissé sur les murs jaunes, le rideau de toile entortillé au coin de la fenêtre. Logiquement, j'aurais dû être heureuse. Ce dont j'avais tant rêvé était en train de s'accomplir : nous allions découvrir l'île de Stéphane, ma mère attendait un bébé, je quittais enfin cet endroit que je détestais. Car, bien sûr, je détestais Sainte-Guénolée, ses murs de granit, ses couloirs interminables, son escalier de secours et ses douches sans confort...

– Pascale, ma chérie... Qu'y a-t-il ?

Ma mère s'est agenouillée sur le lino usé, face à moi. Elle a pris mon visage entre ses mains et m'a contemplée, gravement.

– Tu n'as pas envie de partir avec nous ?

– Je ne sais pas, ai-je soupiré. Vous allez trouver ça bête mais je crois que je commençais à me plaire ici. Je venais de passer dans le groupe B en anglais, j'avais trouvé des amis, je...

Vlang ! La porte du bâtiment B a claqué violemment au rez-de-chaussée et une voix rauque a retenti dans la cour.

– Hé, Yannick ! C'est vrai qu'on a encore une veillée fest-noz ?

D'un même mouvement, mes parents ont levé les yeux vers la fenêtre.

– Au fait, vous n'avez pas encore rencontré Graziella, ai-je remarqué.

Nouvel éclat de voix dans la cour :

– Ah, ça craint ! Ras-le-bol du biniou ! 'Reusement qu'on se tire bientôt de ce bagne !

Mes parents ont échangé un bref regard, puis ma mère s'est tournée vers moi, l'air amusé.

– Elle semble avoir une forte personnalité.

– Graziella est très spontanée, ai-je reconnu. C'est la première fois que j'ai une copine aussi sympa. Elle va me manquer…

J'ai entortillé le lacet de ma tennis autour de mon index et j'ai pris une grande inspiration.

– Et si on décalait le voyage d'une semaine ? Je resterais bien encore un peu ici. Le temps de compléter mon vocabulaire de loubarde et d'apprendre quelques danses folkloriques…

Quand ma mère s'est mise à rire, j'ai su que la partie était gagnée.

– Pascale, idiote ! Mais qu'est-ce que j'ai fait pour avoir une fille pareille ?

– C'est les chromosomes. Papa, je peux te demander une faveur ?

Mon père a haussé un sourcil, prudent.

– Ça dépend… Pose ta question, ma puce.

– Tu crois que c'est possible d'obtenir une permission de sortie pour Graziella ? Je voudrais qu'on aille à la plage ce soir. Tous les quatre.

Mon père a garé sa 405 près du pont, sur le bas-côté. Il a fait le tour de la voiture pour nous ouvrir la porte, comme si nous étions des duchesses et son vieux tacot une Rolls Royce de collection.

– Alors, jeunes filles, ça vous a plu cette promenade en carrosse ?

Graziella a été très franche, comme d'habitude.

– Génial ! Ça me rappelle mes virées en V. T. T. sur les chemins de terre. Et j'adore le bruit que ça faisait quand vous preniez les virages.

– C'est le pare-chocs, il est un peu branlant. Il faudrait que je remette du chatterton du côté droit.

– Allez, viens papa. Pas la peine de fermer à clef, personne n'aura envie de te la voler.

La mer semblait couverte d'écailles moirées dans la lumière du soir. Les coques rondes des barques se détachaient à contre-jour, en ombres chinoises. Nous avancions dans le sable encore tiède. Ma mère respirait profondément, le visage levé vers le ciel. Elle me tenait la main et je sentais la pression ferme de ses doigts par intermittence. Soudain, je me suis arrêtée.

– C'est là, ai-je dit. La maison aux volets rouges.

Les fenêtres étaient éclairées et la porte grande ouverte, comme une invitation. Je me suis tournée vers mon père et Graziella qui traînaient à l'arrière, discutant sur les mérites respectifs du gazole et de l'essence sans plomb.

– Ohé, bande d'escargots ! Le premier arrivé ! ai-je crié.

Et je me suis élancée, entraînant ma mère avec moi. Nous avons parcouru les derniers mètres en titubant, manquant nous étaler sur le sable tellement nous riions. Valentine est apparue sur le seuil. Elle s'est immobilisée en nous voyant appuyés à son portail, haletants comme des marathoniens en bout de course.

– C'est nous ! On s'est enfuis de Sainte-Guénolée !

Valentine s'est avancée dans l'allée. Elle portait son vieux jogging maculé de peinture avec, en prime, quelques taches pourpres en forme d'étoiles.

– C'est étrange, je sentais que vous alliez venir. Vous voyez, j'avais même préparé un mot, a-t-elle dit en nous montrant une demi-feuille de papier rose.

Surtout ne sonnez pas. Entrez.
Nous sommes dans la cuisine
(première porte à gauche).

– J'ai failli m'électrocuter avec la sonnette, ai-je expliqué en voyant la mine perplexe de mon père. Papa, maman, je vous présente Valentine.

– Pascale nous a parlé de vous, a dit ma mère

en lui tendant la main. J'aime beaucoup votre tenue. Elle me rappelle un des premiers tableaux de Philippe, quand il travaillait les couleurs primaires.

– Explosions rouges et jaunes ? a suggéré mon père.

Valentine a jeté un coup d'œil sur son sweat-shirt.

– Oh, vous parlez de ces traces-là ? C'est de la sauce tomate. Je me suis éclaboussée en ouvrant la boîte. Mais entrez... J'espère que ça ne vous dissuadera pas de rester dîner avec nous.

Elle nous a guidés dans la jungle tropicale qui ornait son vestibule. D'inquiétants bruits de ferraille s'échappaient de la cuisine, comme si on cognait sur une boîte de conserve à coups de marteau. Valentine a entrebâillé prudemment la porte.

– Tout se passe bien, mes amours ? Clément, sers-toi plutôt de l'ouvre-boîtes. Il est sur l'évier, près des pêches au sirop. Et empêche Félix d'écraser les œufs durs. Il faut juste ôter la coquille et les couper en deux.

– Cra-bbouille ! a crié Félix.

J'ai échangé un regard inquiet avec Graziella.

– On peut peut-être vous aider. Vous essayez de préparer quoi, au juste ? a-t-elle demandé.

– Oh, rien de sophistiqué. Des spaghettis aux œufs et aux sardines et des pêches au sirop en dessert.

– Vous savez, je me serais fait un plaisir de

vous inviter au restaurant, a murmuré mon père avec un pâle sourire.

Graziella m'a tapoté le bras discrètement.

– Ma mère m'a aussi appris à préparer les pâtes, a-t-elle chuchoté.

J'ai reçu le message cinq sur cinq.

– Et si on prêtait main-forte aux cuisiniers, Graziella et moi ? ai-je proposé à Valentine.

– Eh bien, d'accord ! Place aux jeunes ! s'est-elle exclamée gaiement. Vous allez nous montrer ce dont vous êtes capables.

Elle s'est tournée vers mes parents.

– Je vais en profiter pour vous faire visiter mon petit bric-à-brac. Vous n'êtes pas allergiques au désordre, j'espère ?

– Qui, nous ? ont-ils répondu en chœur.

Je les ai regardés s'éloigner dans le couloir. Les pauvres, ils allaient avoir le choc de leur vie en découvrant le « bric-à-brac » de Valentine. Puis j'ai suivi Graziella dans la cuisine et, là, c'est moi qui ai eu le choc de ma vie. J'avais rarement vu autant de sauce tomate sur le sol, sauf la fois où ma mère avait tenté de réchauffer une barquette de lasagnes à la cocotte-minute. Quant aux œufs durs qui jonchaient la table, ils donnaient l'impression d'avoir servi de piste à un rallye de cross.

Au milieu de ce carnage, les deux chefs cuisiniers vaquaient tranquillement à leurs occupations. Penché sur l'évier, Félix secouait une passoire pleine d'une masse compacte qui ressemblait à du mastic et Clément torturait une boîte de sardines avec un tire-bouchon.

– Wouah ! C'est vous qui avez fait tout ça ? s'est exclamée Graziella avec un sifflement admiratif.

Elle s'est avancée entre les flaques de sauce, à pas lents, contemplant le désastre.

– Salut, a dit Clément. Vous tombez bien, on a quelques problèmes avec les ingrédients.

Il a repoussé la mèche qui lui tombait sur les yeux et m'a souri avec un air d'incompétence vraiment irrésistible.

– Ppas-cale ! Vviens voir, mmes nouilles ! a crié Félix.

– C'est des nouilles, ça ? a dit Graziella en examinant la boule de pâtes fumante. On dirait un gâteau de semoule.

– C'est mmoi, jje l'ai ccuit. Ttout seul !

– Presque tout seul, a corrigé Clément. C'est moi qui ai fait chauffer l'eau.

– Alors là, tu m'épates, a soupiré Graziella.

Elle a pris la boîte de sardines des mains de Clément et l'a agitée devant son nez.

– Première leçon de survie : jamais de sardines au citron dans les nouilles. Deuxième leçon : les pâtes, ça se mange à l'italienne. Al dente. Tu sais ce que ça veut dire ?

Clément a haussé les épaules.

– Ben non, je fais allemand première langue.

– C'est quand les pâtes sont croquantes, ai-je expliqué. Enfin, pas trop cuites.

Graziella a reposé les sardines. Elle nous a

contemplés en hochant la tête, comme pour mesurer l'étendue de notre nullité.

– Bon, j'ai pigé. Vous savez ce que vous allez faire ?

– Mman-ger ! a lancé Félix.

– Non, vous débarrassez le plancher. Je m'occupe de tout, a-t-elle dit en retroussant ses manches. Mais je vous préviens : pas question que je me tape la vaisselle après.

Graziella maîtrisait parfaitement la situation ; inutile d'insister. Clément et Félix m'ont rejointe près de la porte. Félix a touché le pull que j'avais noué sur mes épaules.

– C'est CClé-ment, ça ?

– Oui, je suis venue le rendre. On peut sortir un moment ? J'aimerais vous parler.

– On n'a qu'à descendre sur la plage, a proposé Clément. Il n'y a personne à cette heure-ci.

Je m'apprêtais à les suivre quand Graziella m'a rappelée. Elle m'a tendu une feuille de papier pliée en quatre.

– Tiens, je te la donne maintenant, sinon je vais la perdre.

J'ai déplié la copie mais elle m'a arrêtée d'un geste.

– Non. Promets-moi de pas la lire avant le dernier jour. D'accord ?

Elle s'est gratté le bras d'un air gêné. Sur sa peau, il y avait un dessin au bic : un petit cœur avec une flèche brisée.

– D'accord, Hector, ai-je murmuré.

En longeant le salon, j'ai jeté un rapide coup d'œil par la porte ouverte.

– On sort ! ai-je lancé. On revient dans cinq minutes.

Je me suis arrêtée, prise d'un doute. Avais-je bien vu ? Je suis revenue sur mes pas et je me suis plantée sur le seuil. Non, je n'avais pas rêvé.

À quatre pattes sur le plancher, mes parents se livraient à une bataille rangée de petits Indiens. Ils s'expédiaient des jets de flèches imaginaires (fluch, fluch) et propulsaient follement leurs montures (yaah !) entre les pots de bonsaïs, de ficus et de bégonias.

Vautré sur le piano, Rominet suivait la bataille avec un air de mépris tranquille. Il y avait longtemps que ce genre de scène ne l'impressionnait plus.

Clément et Félix se sont approchés à leur tour. Le moment n'était peut-être pas idéal pour faire les présentations. J'ai senti qu'il fallait dire quelque chose pour les rassurer.

– Vous faites quoi, là, au juste ? ai-je demandé d'un ton léger.

– Je repousse une attaque de Comanches, a expliqué ma mère en plongeant sous le ficus. Taureau Furieux m'a tendu un piège.

– Bison Perfide a commencé, a répliqué Taureau Furieux. Je galopais tranquillement dans la vallée de la Mort et elle m'a sauté dessus. Comme ça, yahaa ! (Nouveau jet de flèches.)

– Qqui c'est ? a chuchoté Félix.

– Mes parents. Enfin, je n'en suis plus très sûre.

Je ne voyais qu'une seule explication. Lorsqu'ils avaient découvert le désordre de Valentine, leurs nerfs avaient lâché. Jamais je n'aurais dû les laisser entrer dans le salon.

– Où est Valentine ?

Peut-être se cachait-elle dans le tipi, armée d'un javelot ou d'une aiguille à tricoter ?

– Je suis là !

Valentine a surgi du fond de la pièce. Elle avait enroulé un long boa blanc autour de son cou. Elle s'est avancée, souriante, aussi somptueuse qu'une star d'Hollywood, malgré le jogging et les taches de tomate.

– J'apporte du renfort aux valeureux guerriers ! a-t-elle lancé gaiement.

Le renfort consistait en un plateau garni de petits-fours, de verres à liqueur et d'une longue bouteille remplie d'un liquide ambré.

– Qui veut goûter mon eau-de-feu de prunelle ?

– Pas nous, a protesté Clément. Ça détruit les cellules grises.

– Juste un doigt alors, a dit Taureau Furieux. Nous tenons à rester des adultes dignes et responsables.

La soirée promettait d'être agitée. J'osais à peine imaginer dans quel état mes parents rentreraient à Angers. À moins que la 405 de mon père refuse de démarrer, ce qui lui arrivait une fois sur deux.

– Amusez-vous bien, ai-je lancé, battant en retraite. On va faire un tour. On doit discuter de choses sérieuses.

Tout de même, en y repensant, j'étais assez fière d'eux.

Le ciel au-dehors était devenu d'un bleu profond, velouté. Les derniers rayons du soleil ricochaient sur l'escalier de ciment, au bout de la plage. Nous avons marché jusqu'aux barques, là où j'avais plongé dans la lumière et flotté, heureuse, entre l'eau et les nuages. Le lieu de notre rencontre.

J'avais eu si peur de Félix, si peur qu'il m'approche et, maintenant, nous étions côte à côte, longeant les vagues qui montaient jusqu'à nous et se retiraient dans un long froissement d'écume. Félix a tapé du pied pour les éloigner mais une deuxième vague nous a pris par surprise et nous nous sommes retrouvés trempés jusqu'aux chevilles, riant et pataugeant dans l'eau glacée.

– Tous aux abris ! a crié Clément.

On a couru se réfugier en haut de la plage, là où le sable était encore doux et chaud. Félix a enlevé ses sandales et commencé à creuser un trou avec ses pieds.

– Ttu me fais nn'île, Ppas-cale ?

J'ai croisé le regard de Clément. Il s'est rapproché de moi.

– Une île comment, Félix ? a-t-il demandé.

– Nn'île ggrande ! TTrès grand ! Mon-ttagne !

On a brassé le sable comme des fous, jusqu'à ce que les jambes de Félix disparaissent sous une masse de grains dorés, une dune lisse et compacte en forme de bosse de dromadaire. À la fin, j'avais les bras engourdis, comme si le sable était rentré sous ma peau et la picotait de l'intérieur.

– Ça va ? Tu es content comme ça ?

Félix a secoué lentement la tête de gauche à droite.

– Pourquoi ? ai-je soupiré. Qu'est-ce qu'il y a ?

Félix a cligné des yeux et m'a regardée gravement.

– Veux qque tu viennes, sur mon île, ppour ha-biter.

Je me suis assise et, à mon tour, j'ai enfoui mes pieds dans le sable.

– Félix, un jour, tu m'as demandé si j'avais une île. Tu t'en souviens ?

Il n'a pas répondu. Il me fixait attentivement, attendant la suite. Clément était immobile, lui aussi. Il ne me regardait pas. Il contemplait les vagues grises qui roulaient et se chevauchaient, toutes proches, mais je savais qu'il écoutait. Je le sentais à sa respiration, lente, régulière, comme celle de la mer.

J'ai poursuivi :

– Je t'ai dit que j'avais une île, très loin, au bout du monde. Mais je n'étais pas sûre qu'elle existe. Je ne l'avais jamais vue, tu comprends ? C'était comme un rêve.

– Cc'é-tait l'île de Bbinson, un ppeu ?

– Oui, un peu.

– Mmais c'était une ffausse, dde ta tête ?

– Je la voyais dans ma tête mais elle existe vraiment.

Félix s'est concentré un moment. Il a remué les orteils.

– Mmais les rêves, cc'est mieux, en vvrai. Ttu veux pas la voy-ager, tton île ?

– Si, Félix. Je veux y aller. Dans une semaine, je prendrai l'avion avec mes parents pour me rendre dans mon île.

Félix s'est redressé. Il a secoué le sable sur ses jambes et l'île de Binson s'est affaissée en longs filets poudreux.

– Et on ppart-tira, aussi, un ppeu a-vec ttoi ?

Qu'est-ce que je pouvais répondre à ça ? Non, Félix. J'aimerais vous emmener, bien sûr. Vous adoreriez les lézards noir et jaune, le parfum des manguiers et des vanilliers dans les jardins créoles... Mais c'est impossible.

Clément s'est enfin détourné des vagues. Il a regardé Félix, bien en face, comme s'il voulait le convaincre d'une chose très importante.

– Oui, a-t-il dit. On part un peu aussi. Je connais l'île de Pascale. Je t'emmènerai.

Je lui ai lancé un regard sceptique. Son idée me plaisait mais je voyais mal comment il allait la concrétiser.

– Cco-ment, ttu peux faire ? a demandé Félix, comme s'il lisait dans mes pensées.

Clément a souri. « Aie confiance, je m'occupe de tout », semblait-il dire. Je crois qu'à cet instant, je l'aurais suivi au bout du monde, avec ou sans billet d'avion.

– On partira en voiture, avec Crapaud.

– Ccra-paud...

Félix a ri, soulagé.

– Ccra-paud, a-t-il répété.

Je les ai imaginés, accrochés à leurs sièges. Crapaud s'élevait dans les airs en bourdonnant et filait à notre poursuite, escortée par un vol d'oiseaux migrateurs aux ailes argentées. Félix comptait les nuages par le trou du plancher et Valentine laissait flotter son écharpe de plumes blanches par la vitre ouverte. Je leur adressais des signes, le nez collé au hublot de l'avion. Et pourquoi pas ?

– Ttu m'amènes, main-ttenant ? a demandé Félix en tendant les bras.

On a remonté la plage en courant. Direction : l'océan Indien. Félix zigzaguait devant nous, les bras écartés. Un planeur fou lancé en pleine tempête.

On s'est engouffrés dans le couloir en riant. La cuisine était vide, encore plus sale qu'avant, mais il y avait quelque chose qui cuisait dans le four et qui dégageait une bonne odeur comestible.

– Attention ! Vol spécial pour la Réunion ! Tout le monde à bord ! ai-je crié.

On a poussé la porte du salon. Papa et Valentine dansaient, tournoyant parmi les plantes vertes et les petits Indiens. Maman et Graziella étaient assises au piano. Elles chantaient à tue-tête et s'accompagnaient en jouant avec deux doigts.

C'était ma chanson préférée : *Vertiges de l'amour.*

10

ENCORE DES ÉTOILES

Graziella de Saint-Cyr 16/20

Portrait psycologique

Je ne vois pas du tout de qui il s'agit mais j'aime votre portrait… Psychologique

Avant de rencontrer P…, j'avais à peu près personne comme amie. Comme vraie amie, je veux dire. Parce que pour ce qui est de fou mettre de l'ambiance (par exemple balancer de la compote dans le réfectoire ou castagner les types de quinze ans qui se croient des durs) pas de problème, on trouve toujours de bons copains prêts à rigoler. Mais c'est pas le genre qui m'inspire un portrait psycologique, si vous voyez ce que je veux dire. Pour commencer à s'intéresser à ce qui se passe dans la tête de quelqu'un, faut qu'il soie différent. Et P…, croyez-moi, c'est la personne la plus différente que j'ai jamais rencontré. Accord avec le C.O.D.

Quand j'y repense, c'est tellement bizare qu'on se soit entendu ensemble. La première bizarre *fois que je l'ai vu débarquer avec son ciré jaune et sa tonne de bagages et qu'elle a envoyé valdinguer le plat de compote à la kantoche, je me suis dit : La vache, ça va être dur pour elle. Elle avait l'air si paumé, comme si elle vivait sur une autre planète. Et en même temps, c'est ça qui m'a plu : on sentait qu'elle gardait plein de choses à l'intérieur, comme des couleurs que personne d'autre pourrait voir.*

Ça je m'en suis rendu compte le soir où les Schtroumpfettes ont lu son devoir dans l'étude, pendant qu'elle téléphonait. La façon qu'elle parlait de son frère, c'était vachement beau. J'avais l'impression de voir un film. C'est pour ça que j'ai pas supporté que ces idiotes se payent sa tête et qu'on a ~~fabi~~ failli (je suis pas sûre de l'ortographe) leur latter la tronche avec ma bande.

Après je dirais pas que c'était tout de suite à la vie à la mort mais quand même, on se faisait confiance. Par exemple, j'aurais jamais laissé personne d'autre essayer mes santiagues. Et puis je serais jamais allée non plus à cet exposé sur les huîtres si elle me l'avait pas proposé.

Tout ça, ça crée des liens à force, mais ça suffit pas.

seulement ?? *Parce qu'un vrai ami dans le fond, on le reconnaît à deux choses : il vous juge jamais, quoi qu'on fasse. Et puis surtout il est là, prêt à vous aider en cas de coup dur. Je peux pas trop m'étendre sur les événements mais des coups durs, j'en ai eu ici, et ~~Pas~~ P… m'a aidée à chaque fois, sans me poser de questions. Ce qu'elle a fait pour moi, je crois pas que mes parents l'auraient fait.*

Vous n'êtes pas sûre de l'orthographe

Voilà. Je sais pas si j'ai vraiment répondu au devoir, j'ai pas l'habitude des portraits psycologiques, mais au moins j'ai dit ce que je pensais.

(Je peux pas citer le nom de la personne parce que c'est quelqu'un du groupe. J'espère que vous lirez pas des ~~bouts~~ de devoirs comme la dernière fois.) extraits

Prenez l'habitude de mettre un "h" ici.

J'ai relu la rédaction de Graziella et je l'ai pliée pour la glisser dans mon sac de voyage, près du cadeau que je lui avais acheté à l'aéroport. Une paire de chaussettes bleu azur avec une frise d'angelots sous l'élastique. J'avais craqué à cause de la marque : À Tire d'Aile. Quand le ciel vous envoie des signes comme celui-là, il ne faut pas les laisser passer.

J'ai pris mon bloc de papier et mon stylo en laque rouge, le plus doucement possible pour ne pas réveiller ma mère. Elle avait incliné son fauteuil et dormait, entre mon père et moi, une main posée sur son ventre.

Est-ce que le bébé dormait, lui aussi, à l'intérieur de son corps ?

Est-ce qu'il sentait la chaleur de sa main ?

J'ai collé mon front au hublot. On ne voyait rien, rien d'autre que la nuit infinie et quelques étoiles dispersées, fragiles comme des insectes.

Encore sept heures de vol. Sept heures de voyage à travers les lignes compliquées des parallèles, des tropiques et des fuseaux horaires. À travers le sommeil.

J'ai essayé de deviner la couleur du ciel lorsque nous arriverions. Mon père m'avait dit que c'était encore plus beau que tout ce qu'on pouvait voir sur les cartes postales : des rouges de lave incandescente, des orangés acides, des bleus striés de noir, fluides comme de l'encre.

– Tu ne dors pas, ma puce ?

Mon père s'est penché pour me caresser les

cheveux. J'ai vu son reflet soucieux s'encadrer dans le hublot.

– Toi non plus, ai-je murmuré.

Il avait éteint sa veilleuse et déplié ses longues jambes dans l'allée mais je savais qu'il ne fermerait pas l'œil de la nuit. Il y avait tant de choses qui remuaient dans son esprit : les bagages étaient-ils au complet ? La monture en métal de ses lunettes allait-elle encore déclencher l'alarme au portillon de contrôle ? L'avion allait-il s'écraser ou être détourné par un pirate de l'air ?

– Je réfléchissais. Est-ce que tu as bien pris ton coupe-vent ? Les matins sont frais à la Réunion.

J'ai poussé un long, long soupir et je lui ai montré le pull plié sur mes genoux. Le pull d'herbe et d'automne que Clément m'avait donné.

– Désolé, ma petite cerise. On ne se refait pas...

– Je sais, papa. Les chromosomes.

Il s'est renfoncé dans son fauteuil, l'air penaud. Il a enroulé ses jambes l'une autour de l'autre et s'est plongé dans la contemplation de maman. Ça ne l'aiderait pas à s'assoupir mais ça le détendrait peut-être : ma mère sourit quand elle dort.

J'ai jeté un nouveau coup d'œil par le hublot. Aucune trace de Crapaud mais...

... quelque part, au bord d'une plage, dans une petite maison de granit rose, ils dormaient, tous les trois. Les fenêtres de leurs chambres s'ouvraient sur la mer.

Je connaissais leurs rêves.

Soudain, il m'a semblé que l'air devenait plus doux, plus léger autour de nous. J'ai regardé ma montre : vingt-trois heures trente. On se rapprochait de l'équateur.

Je me suis calée contre mon dossier, j'ai posé mon bloc sur mes genoux et j'ai pris la feuille spéciale que j'avais glissée à l'intérieur : une page-constellation, décorée par les pattes de Gengis Khan. Puis, entre deux lignes d'étoiles bleues, j'ai écrit :

Cher Clément…

INFORMATIONS
Cascade

Qu'un ami véritable est une douce chose !
Il cherche vos besoins au fond de votre cœur ;
Il vous épargne la pudeur
De les lui découvrir vous-même.
Un songe, un rien, tout lui fait peur
Quand il s'agit de ce qu'il aime.

Jean de La Fontaine
Les Deux amis (extrait)

UNE ÎLE POUR RÊVER

Perdue au milieu de l'océan Indien, à l'est de Madagascar, se trouve l'île de la Réunion, le plus lointain des départements français.
Plus de 12 000 km la séparent de la métropole. Avec l'île Maurice, située à 200 km, qui fait partie du Commonwealth britannique, et les îlots Rodrigues et Cargados, elle forme l'archipel des Mascareignes.

L'île est un piton volcanique surgi de l'océan. Le cône principal du volcan, toujours en activité, est le piton des Neiges qui culmine à 3 096 m ; il est doublé par le piton de la Fournaise. Sur ses flancs, au relief très tourmenté, s'ouvrent de larges cirques ravinés qui surplombent des plaines d'altitude. Près des côtes, les falaises de lave noire tombent à pic dans l'océan. Le sud-est de l'île, où il pleut beaucoup, est couvert de forêts de bambous et de fougères aussi grandes que des arbres. Le nord-ouest, beaucoup plus sec, est le domaine de la savane rocailleuse.

Lorsque les Portugais firent sa découverte, au début du XVIe siècle, l'île était inhabitée. Les paysages étaient si beaux et la végétation si luxuriante qu'ils crurent avoir trouvé le jardin d'Éden, le paradis terrestre. Aujourd'hui, l'île est surpeuplée (plus d'un demi-million d'habitants) et, malgré sa beauté, la vie n'y est pas facile. Presque toute l'économie repose sur la culture de la canne à sucre, qui se vend très mal, et une partie de la population ne survit que grâce aux envois de ceux partis travailler en France.

L'île produit également du rhum, de la vanille, et cultive le géranium rosat et le vétiver dont on extrait des essences utilisées en parfumerie. Mais les cultures et les habitations sont souvent ravagées par les cyclones, très fréquents sous ces latitudes entre avril et novembre.

LE SAVEZ-VOUS ?

- L'île de la Réunion est devenue française au temps de Richelieu. Elle s'appelait alors île Bourbon, en hommage au roi de France.
- Elle a pris le nom d'île de la Réunion à la Révolution.
- De colonie, elle est devenue département français d'outre-mer en 1946.
- La ville principale, chef-lieu du département, est Saint-Denis, sur la côte nord.

CORRESPONDANCE

L'invention de l'écriture a révolutionné la vie des hommes : grâce à elle, ils purent communiquer même lorsqu'ils se trouvaient éloignés, sans avoir à craindre les défaillances de mémoire des messagers. Les premières lettres étaient des tablettes d'argile gravées, les premiers postiers des coureurs à pied ou des cavaliers. Les messages mettaient parfois des mois à parvenir à leur destinataire et les nouvelles étaient alors totalement périmées... Au fil des siècles, l'acheminement du courrier a subi une évolution prodigieuse. Mais son contenu a-t-il vraiment changé ?

Lettres officielles
Peu de fantaisie dans le courrier d'affaires qui fait appel à quelques règles strictes de présentation et à des formules toutes faites. Les entrées en matière sont plates (« En réponse à votre lettre du 8 courant... » « Suite à votre commande n° 47815 du... ») et les formules de politesse guindées (« Veuillez agréer, messieurs, l'expression de mes sentiments distingués. ») Entre-temps, on va droit au sujet. Il faut être bref pour être clair.

Lettres personnelles

Par contre, tout est permis (ou presque) dans une lettre personnelle. Si l'on s'adresse à une personne plus âgée ou à qui l'on doit le respect, il faut bien sûr suivre certaines règles de convenance (« Chère madame... ») et éviter de commencer sa lettre par « Je... » ce qui serait faire preuve d'un manque de savoir-vivre. Mais avec des amis, on peut donner libre cours à sa spontanéité.

Une lettre permet de rester en contact lorsqu'on est loin, de donner des nouvelles, de raconter un événement en prenant le temps d'entrer dans les détails, de laisser parler ses sentiments. Beaucoup préfèrent aujourd'hui le téléphone, mais rien ne remplace une lettre que l'on garde. Certaines correspondances, comme les lettres de madame de Sévigné à sa fille, constituent un précieux témoignage de leur époque.

Billets doux et lettres d'amour

Ce courrier-là ne prend pas toujours le chemin de la poste. Glissés en cachette, précieusement conservés et relus indéfiniment, les billets doux ne sont pas écrits pour informer mais pour s'épancher. Les timides balbutient leur passion, les poètes travaillent leurs rimes, les artistes en font de petites œuvres d'art.

Cartes de vœux et cartes postales

Ce sont des marques d'attention mais ne comptez pas trop sur elles pour avoir de vraies nouvelles ! Elles sont parfois même fort laconiques : « Meilleurs vœux pour la nouvelle année » ou « Souvenir de Bretagne »... Quelques mots pour montrer aux amis que l'on pense (un peu) à eux. On peut personnaliser le message, en créant par exemple soi-même sa carte.

Fax

Envoyer une lettre par téléphone ? Il y a quelques années, cela semblait de la science-fiction. Aujourd'hui, chacun (ou presque) a son fax à domicile. C'est une sorte de mini-photocopieur qui transmet n'importe quel texte, dessin, message à un appareil identique par la voie du téléphone et des satellites. Il suffit de composer le numéro de votre correspondant et de glisser votre feuille de papier dans l'appareil... votre lettre parvient à son destinataire à l'instant même. Magique !

E-mail

Les passionnés d'informatique préfèrent le courrier électronique (traduction de « electronic mail » ou « e-mail »). Les possesseurs d'un ordinateur branché sur Internet, réseau mondial de communication, peuvent avoir une « boîte à lettres » à laquelle on accède par un code personnel. Cela permet de laisser des messages à ses amis à n'importe quel moment de la journée (il faut bien sûr consulter son écran régulièrement !) et de dialoguer à travers le monde entier.

L'AMITIÉ

La véritable amitié, celle qui peut durer, commence quand on peut dire à l'autre : « TU N'ES PAS COMME MOI, tu as raison d'être comme tu es, et je t'aime bien d'être autrement que moi. »
Des copains, on en a plein. DES VRAIS AMIS, c'est beaucoup plus rare. Certains disent que dans une vie, on compte ses véritables amis sur les doigts d'une main. Quand on n'arrive pas à nouer des liens d'amitié, il faut se poser des questions et peut-être aller en parler à des adultes en qui on a confiance.
Être copains, c'est bien quand on partage les mêmes activités.
Mais derrière une amitié, il y a une vraie rencontre, quelque chose qui fait qu'on n'est plus le même qu'avant cette rencontre. (...)
La véritable amitié donne la force de s'aventurer, de penser loin, de s'engager. C'est peut-être pour cela que les adolescents disent presque tous que l'amitié est la chose la plus importante de leur vie.

Françoise DOLTO
(*Paroles pour adolescents ou le Complexe du homard*. Hatier, 1989)

Ces dossiers ont étés réalisés en collaboration avec Nicole Bustarret.

COLLECTION Cascade

11 - 12

L'ACROBATE DE MINOS
L.N. Lavolle.

ADIEU BENJAMIN
Chantal Cahour.

UNE AMITIÉ BLEU OUTREMER
Yvon Mauffret.

L'AMOUR K.-O.
Jean-Paul Nozière.

LE BALLON D'OR
Yves Pinguilly.

B COMME BÉATRICE
Geneviève Senger.

BONS BAISERS DE CALIFORNIE
Marie-Noëlle Blin.

C'EST LA VIE, LILI
Valérie Dayre.

UN CŒUR AU CREUX DE LA VAGUE
Hortense Cortex.

COMME SUR DES ROULETTES
Malika Ferdjoukh.

COUP DE FOUDRE
Nicole Schneegans.

LA COUR AUX ÉTOILES
Évelyne Brisou-Pellen.

CYRANO JUNIOR
François Charles.

LE DÉFI DE MISS CAMBOUIS
Marie Dufeutrel.

LES DEUX MOITIÉS DE L'AMITIÉ
Susie Morgenstern.

L'ÉTÉ DE SILVIO
Jean-Côme Noguès.

L'ÉTÉ JONATHAN
Marie Dufeutrel.

LA GRIFFE DES SORCIERS
Évelyne Brisou-Pellen.

L'INCONNU DU JEUDI SOIR
Roselyne Bertin.

LE JOUR DU MATCH
Gilberte Niquet.

MON JOURNAL DE GUERRE
Yvon Mauffret.

PAULINE EN JUILLET
Jacqueline Mirande.

UN PONEY BLANC NEIGE
Anne Eliot Crompton.

PRISONNIER DE LA RIVIÈRE NOIRE
Alain Surget.

PRISONNIÈRE DES MONGOLS
Évelyne Brisou-Pellen.

RENDEZ-VOUS AU COLLÈGE
Stéphane Méliade.

LE RÊVE DE L'OISEAU BLEU
Roger Judenne.

LE SECRET DE JESSICA
Michel Amelin.

SÉRIE NOIRE POUR BABACAR
Michel Girin.

UNE SIXIÈME EN ACCORDÉON
Jean-Paul Nozière.

LE TRÉSOR DU MENHIR
Yvon Mauffret.

UN TRÉSOR DANS L'ORDINATEUR
Jacques Asklund.

LA VOIX DU VOLCAN
Évelyne Brisou-Pellen.

COLLECTION

Cascade

CASCADE POLICIER

AGATHE EN FLAGRANT DÉLIRE
Sarah Cohen-Scali.

À L'HEURE DES CHIENS
Évelyne Brisou-Pellen.

ALLÔ ! ICI LE TUEUR
Jay Bennett.

L'ASSASSIN CRÈVE L'ÉCRAN
Michel Grimaud.

L'ASSASSIN EST UN FANTÔME
François Charles.

BASKET BALLE
Guy Jimenes.

CENT VINGT MINUTES POUR MOURIR
Michel Amelin.

LE CHARTREUX DE PAM
Lorris Murail.

LE CHAUVE ÉTAIT DE MÈCHE
Roger Judenne.

COUP DE BLUES POUR DAN MARTIN
Lorris Murail.

COUPS DE THÉÂTRE
Christian Grenier.

DES CRIMES COMME CI COMME CHAT
Jean-Paul Nozière.

CROISIÈRE EN MEURTRE MAJEUR
Michel Honaker.

LE DÉMON DE SAN MARCO
Michel Honaker.

LE DÉTECTIVE DE MINUIT
Jean Alessandrini.

DRÔLES DE VACANCES POUR L'INSPECTEUR
Michel Grimaud.

HARLEM BLUES
Walter Dean Myers.

L'HÔTEL MAUDIT
Alain Surget.

L'IMPASSE DU CRIME
Jay Bennett.

L'INCONNUE DE LA SEINE
Sarah Cohen-Scali.

LA MALÉDICTION DE CHÉOPS
Jean Alessandrini.

MENSONGE MORTEL
Stéphane Daniel.

NE TE RETOURNE PAS
Lois Duncan.

L'OMBRE DE LA PIEUVRE
Huguette Pérol.

OMBRES NOIRES POUR NOËL ROUGE
Sarah Cohen-Scali.

ON NE BADINE PAS AVEC LES TUEURS
Catherine Missonnier.

L'ORDINATUEUR
Christian Grenier.

PAS DE QUOI RIRE !
Jean Alessandrini.

PIÈGES ET SORTILÈGES
Catherine Missonnier.

QUI A TUÉ ARIANE ?
Yves-Marie Clément.

RÈGLEMENT DE COMPTES EN MORTE-SAISON
Michel Grimaud.

SIGNÉ VENDREDI 13
Paul Thiès.

LA SORCIÈRE DE MIDI
Michel Honaker.

SOUVIENS-TOI DE TITUS
Jean-Paul Nozière.

UN TUEUR À LA FENÊTRE
Stéphane Daniel.

LE TUEUR MÈNE LE BAL
Hervé Fontanières.

LE VAMPIRE CONTRE-ATTAQUE
Hervé Fontanières.

LES VISITEURS D'OUTRE-TOMBE
Stéphane Daniel.

LES VOLEURS DE SECRETS
Olivier Lécrivain.

L'AUTEUR

Hortense Cortex est née un jour en exil à 3h25. Depuis, elle aime voir le jour se lever. Titulaire d'un demi-doctorat de littérature comparée, elle a été tour à tour serveuse, enquêtrice, brocanteuse et prof de théâtre.
Elle habite en Bretagne jusqu'à preuve du contraire.

L'ILLUSTRATEUR

Michel Riu est né à Paris en 1956 mais ses racines sont catalanes.
Après quatre années d'études de dessin à Bruxelles, il revient en région parisienne. Il se consacre alors plus particulièrement à la bande dessinée et fait paraître quelques albums.
Il réalise aussi des illustrations pour différentes revues et se passionne pour le livre de jeunesse. Il anime parfois des ateliers dans des écoles ou des bibliothèques où il fait partager son goût pour l'image dessinée. Aux beaux jours, il apprécie particulièrement pouvoir faire des aquarelles d'après nature que ce soit en ville ou en campagne.

Achevé d'imprimer en janvier 1998
sur les presses de l'Imprimerie Hérissey
à Évreux (Eure)
Dépôt légal : janvier 1998
N° d'édition : 3013
N° d'imprimeur : 79290